探偵はもう、
JN088207
5
二語十
うみぼうず

Reloaded
リローデッド
Stephen Bluefield
スティーブン・ブルーフィールド

Scarlet
スカーレット
加瀬風靡

とある探偵の手記

20××年×月×日

今日もいつも通り助手に振り回された。
彼の《[redacted]》という体質についていけるのは
私ぐらいのもので……だけどそういう契約を結んだ以上、
私が彼を守らなくてはならない。
ただ問題なのは、私にタイムリミットが迫っているということ。
私の《名探偵》としての役目はもうすぐ終わりを迎える。
だから助手には早く、私の代わりになるような
仲間を見つけてもらいたい。
なぜなら彼がこれから戦う世界の敵は《SPES》だけではない。
私と同じ《[redacted]》であるはずの《[redacted]》や、
他にも気になるのは[redacted]の存在。
……いや、さすがにそれは考えすぎだろうか。
でも、もしかするとこの世界には、
なにか大きな秘密があるのかもしれない。
それをいつかきっと、私の遺す最後の希望が
解き明かしてくれることを期待して私はこの世界からいなくなる。
時計塔の《[redacted]》にも、夜の王たる《[redacted]》にも、
この運命だけは変えることはできない。
だって、どちらにせよ私は、いずれ――――

「ボクたち全員の手で今、終わらせよう」

「……さあな」
誤魔化す必要などないと
分かっていて、
それでもシエスタに
見透かされているのがむず痒く、
思わず顔を逸らした。

「でも、
合ってるでしょ？」
薄暗い部屋。
カーテンから漏れる
月明かりに照らされて、
シエスタの微笑みが
より艶やかさを纏う。

「六年分の物語もそろそろ
クライマックスみたいだね」

探偵はもう、死んでいる。5

二語十

MF文庫J

ContentS

口絵・本文イラスト●うみぼうず

【6 years ago Nagisa】

それはある日の、あたし達にとっては日常の光景だった。

「――なーちゃん！　いっぱい持ってきたけど、どれがいい？」

窓から午後の光が差し込んだ病室。

あたしを「なーちゃん」というあだ名で呼んだ桃色の髪の少女は、ベッドの上にどさっと絵本を並べ始めた。あたしに読み聞かせるための一冊を選ぼうとしているらしい。

「えっと、あーちゃん？　あたしも十二歳だからさ、さすがに読み聞かせとか……」

だけど彼女のその行為は、身体《からだ》が弱くて外に出られないあたしに気を遣ってのことで、もちろんその気持ちはありがたいんだけれど……。

「じゃあ、これ！」

うん、聞いてない。いつものことだ。

あーちゃんはさっきまで書いていたいつもの日記の代わりに、一冊の絵本を開いて元気よく朗読を始めた。

元気いっぱいの、愛くるしい声。

その声を聞いているだけでなんだか病気も治ってしまうような、そんな気さえする。まあ、それでもやっぱり読み聞かせは子どもっぽ過ぎるかもだけど。

そんなあーちゃんを微笑《ほほえ》ましく見つめながらも、あたしは病室にいたもう一人の女の子に話しかけた。

「シエスタはなにを読んでるの？」

部屋の隅の椅子に座って、本を読んでいる白髪の女の子。

シエスタという謎のコードネームを持つ不思議な雰囲気の彼女は、あたしやあーちゃんと同じぐらいの年のはずなんだけれど、なんだか一人だけ大人な感じがする。

達観しているというのだろうか、もう少し素直な子どもっぽさがあってもいいんじゃないかな……と、子どものあたしは思う。

「不幸でいて、だけど幸福でもある王子の話だよ」

するとシエスタは、恐らくはタイトルではなく本の中身をそう説明した。

不幸なのに幸福な王子様……一体どういうことだろう。

「どんな話？」

いつの間にかあーちゃんが、絵本を読むのをやめて話に加わってきた。なんにでも興味を持つ子だけど飽きるのも人一倍早い。良い意味でその自由さは見習ってもいいのかもしれないけど。

「ある心優しき王子像が、街の貧しい人たちに自分の宝物を分けてあげる話、かな」

シエスタは優しく本を閉じると、同じように静かに目を瞑《つぶ》る。

「いい人！」

一方あーちゃんは、あたしの近くの椅子に座って足をばたつかせる。

裕福でもあり優しい王子様が、街の人たちを救っていくお話なのだろうか。

……いや、でもそれだとシエスタの言っていた「不幸」には当てはまらない。

「でもね」

と、シエスタは目を開ける。

そして淋《さび》しそうな顔を浮かべると、物語の続きを語り出した。

「その宝物っていうのは、王子像自身のことなんだ」

「……どういうこと？　お金や時計をたくさん持ってるっていうわけじゃなくて？」

「うん。実はこの心優しき王子像は、全身が金箔《きんぱく》や宝石で飾りつけられていてね？　街の貧しい人々のことを思って、彼らに自分の身体《からだ》の一部を分け与えていくんだよ」

「……自分の身体を、削って？」

あたしはその王子の自己犠牲とも言える献身に、なんだか言いようのない感情を覚えて胸が苦しくなった。

「ルビーの剣。サファイアの瞳。身体を覆う金箔。王子像はやがてそのすべてを街の人たちに渡すと、遂《つい》には鉛の心臓だけを残してみすぼらしい姿になってしまうんだ」

そう語りながらシエスタは、彼女自身の左胸をそっと押さえた。

「そんなの可哀想《かわいそう》だよ！」

するとあーちゃんが、たとえ物語であろうと本気でその王子像を哀れむように訴えた。

自分を犠牲にしてでも誰かを救おうとする。それはきっととても尊い行いのはずで、だけどなんだかすごく悲しいことにも思えた。

「でもこの物語は、それだけでは終わらないんだ」

目を覚ますようなシエスタの声に、思わずあたしは顔を上げた。

「この王子像には、大切な理解者がいたんだよ」

「「理解者？」」

あたしとあーちゃんの声が重なる。

そしてシエスタは「それがこの本のタイトルにもなっている理由」と、そう言って——

王子像の最期に寄り添ったという一羽のツバメの話を始めた。

たとえ誰に理解されずとも、たった一羽最後まで、愛する者のそばに居続けた黒い小鳥の物語を。

【第一章】

◆一年越しに再開される冒険譚《ぼうけんたん》

「少しは落ち着いた？」

風呂場の外からシエスタの声が聞こえてくる。

「……ああ」

湯船の中、俺はホッと息を吐き出しながら答える。

――あれから。俺は健全な思考は健全な身体《からだ》にしか宿らないと、そうシエスタに諭された俺は、半ば強制的に風呂に入れられることになった。しかしそのおかげか肉体的にも精神的にも強張《こわば》っていた凝りのようなものが取れ、頭にかかっていた霧が少しだけ晴れていく。

「ついでにひげも剃《そ》りなよ」

「ああ」

「背中は一人で洗える？」

「ああ」

「浴槽でおしっこしちゃダメだよ」

「……子どもか、俺は」

つい苦笑が漏れる。

彼女は一体、俺を何歳だと思っているのか。

「だって、分かんないから。君がどれぐらい大人になったのか」

すると座り込んだシエスタの背中が、浴室の磨《す》りガラスの扉に透ける。

「男子、三日会わざれば刮目《かつもく》して見よ……なんでしょ？」

君が言ったんだよ、とシエスタに言われて思い出す。

「そう、だったな」

そして俺たちの場合は三日どころか、一年だ。

――俺とシエスタは今日、一年ぶりに正真正銘の再会を果たした。

「にしても、まさか四年前と同じアパートで暮らしてたとはね」

脱衣所から、シエスタが漏らす軽い笑みが聞こえてくる。

今日、彼女は《七つ道具》のマスターキーを使って、昔と同じように俺の家に勝手知ったる様子で上がり込んできたのだった。

「……まさか、は俺の台詞《せりふ》だ」

俺は、風靡《ふうび》さんと戦ったあの日の夜明けに誓った。いつか絶対にシエスタを取り戻してみせると。

無論、そう簡単に叶《かな》う願いではないと知っていた。だからこそ、俺自身のなにもかもを賭ける覚悟をしていた。だけど今、その望みは本当に――

「お前は《シエスタ》じゃ、ないんだよな？」

あのメイドの存在がちらつき、俺は思わずそう尋ねた。

彼女と彼女、見た目だけでは区別がつかないのだ。

「バカか、君は」

するとそんな懐かしい台詞が脱衣所から鋭く飛んでくる。

「これだけ喋《しゃべ》ってもまだ確信が持てない？」

「……ああ、そうだな」

俺をその言葉で窘《たしな》めるのは世界で一人――シエスタ、お前だけだ。

だから俺の願いは叶ったのだ。

それでも俺が心の底から喜べない理由はたった一つ。

それが、取り返しの付かない代償と引き換えだったからだ。

「でもあの子とは無事、接触できてたみたいだね」

再び俺の視界に靄《もや》がかかりそうになった時、シエスタの声が割って入ってきた。さっきの話の流れからして、シエスタの言うあの子とはメイドの《シエスタ》のことだろう。

「ああ。お前の出した課題は、ちゃんと乗り越えたつもりだ」

シエスタは、あのメイドを通して俺たちに課題を与え、各々が抱える悩みや問題を解決に導いた。ただ一つシエスタにとって誤算だったのは、彼女が想定した結末とは違う未来を俺たちが選択したことだろう。

「メイドの方の《シエスタ》は今どこにいるんだ？」

俺はそう、本家本元であるシエスタに尋ねる。数日前、《SPES《スペース》》の元アジトで会った《シエスタ》は機械端末の中で生きているようだったが。

「あの子は今また別の役割を果たしているよ。そして彼女からマスターキーを預かって私がここに来た」

そういえばあの研究所で鍵を返したんだったか。だったらあのメイドは最初からこうなることを予測していたのだろうか。シエスタがこうして目を覚ますことを。

「シエスタ、お前は」

——一体どうやって目を覚ましたのか。

そんな疑問が口をついて出そうになり、俺はそれを飲み込んだ。

訊《き》かずとも、分かっていたから。

そしてシエスタ自身も恐らくそれが分かって、ここにいるはずだった。

「だから私が今やるべきは、仲間を助けること。そのためにも一刻も早くシードを倒す」

するとシエスタは、きっと四年前から……いや、六年前からの悲願を口にした。

シエスタは俺と出会うよりも前に、あの島でシードと遭っている。だがそこで奴《やつ》に敗北した彼女は、施設や組織、そして仲間にまつわる記憶をすべて奪われた。それでも己の果たすべき使命だけは忘れなかった彼女はシードを追い、俺と共に《SPES》と戦いながら三年にもわたる日々を過ごすことになったのだ。

そしてその物語の結末として、シエスタは命を落とした。だがその際にシエスタは敵であるヘル……すなわち夏凪《なつなぎ》の身体《からだ》に心臓ごと意識を宿すことに成功した。そうしてシエスタはその後ヘルと記憶も共有し、かつて自分が失っていた記憶を取り戻したのだ。

「私は大切なことを忘れていた」

一枚、薄い扉を挟んだ向こうでシエスタは静かに語る。

「六年前、渚《なぎさ》と出会っていたこと。目の前でアリシアを失っていたこと。その過去だけは消してはならなかったのに」

沈んだ声。だけど、シエスタという少女がそれで終わるはずがないということを、俺は誰よりも知っていた。

「もう、忘れない。奪わせない。迷わない。負けない。だから、ねえ君」

シエスタの熱を帯びた声が、扉を突き破るようにして浴室に響き渡る。

「もう一度だけ、私の助手になってほしい」

磨《す》りガラスの向こうに、見慣れたシルエットが浮かび上がる。

四年前にも、ここでこんな会話をした。

あの時は確か俺は断ったんだったか、と。そんなことを思い出しながら、俺は最後に頬《ほお》に湯を浴びせてから答えた。

「——ああ。もう一度、俺をお前の助手にしてくれ」

そろそろ、ぬるま湯からは抜け出していい時間だった。

「だから頼む、シエスタ。斎川《さいかわ》を救う方法を一緒に考えてほしい」

数日前、斎川《さいかわ》は《原初の種》を宿す候補として、シードにどこかへ連れ去られた。だが器にすることを目的とするなら、シードが斎川を殺すことはないはずだ。

「うん。シードは昔から、完璧な器を欲し続けていた。だけどその筆頭候補であった私やヘルではない、斎川唯《ゆい》を器に据えるためにはなんらかの準備が必要な可能性が高い。きっとまだ、助けられる余地はあるはずだよ」

「！　そうか、じゃあ」

「大丈夫、唯のことも当然救うよ」

シエスタはそう強く断言する。……だが、しかし。

「斎川、も？」

シエスタの物言いに違和感を覚えた。まるでそれは斎川以外にも助けるべき対象がいるかのようで……であれば、シャーロットのことを言っているのだろうか？　しかし彼女は今、集中治療室に入っているはずで、悔しいが俺たちにできることはないはず。

「……まさか」

うるさいほどに心臓が鳴る。そんなはずがないと頭を振って、だけどももしも本当にそんなことがあり得るなら、と思わず一縷《いちる》の希望に縋《すが》りそうになる。そうして永遠と思えるほど続いた一瞬の沈黙の後に、シエスタが発した言葉は。

「私は、夏凪渚《なつなぎなぎさ》を諦めない」

◆冷たい記憶

「シエスタ、どういうことだ」

あれから風呂を急いで上がった俺は、居間に戻っていたシエスタにそう尋ねた。

彼女が言った「夏凪渚を諦めない」という、その意図を。

「髪、乾かさないと風邪引くよ」

しかしシエスタはそう言って、ぽんぽんと近くの座布団を叩《たた》く。座れということか。

「ほら、タオル貸して」

俺が座布団にあぐらを掻《か》くと、後ろからシエスタがタオルで俺の頭をわしゃわしゃと撫《な》でるように乾かす。また卓袱台《ちゃぶだい》に目を向けると、デリバリーのピザの箱が置かれていた。

俺が風呂に入っている間にシエスタが注文を済ませていたのだろう。

「健全な思考は健全な身体《からだ》にしか宿らないからね」

身体を清潔にした後は食事ということか。

そういえばこの三日なにも食べていなかったことを思い出し、俺は箱を開ける。

「……ピザってこんなパックマンみたいな形だったか？」

「……君がお風呂から出てくるのをちょっと待ちきれなくて」

振り向いてシエスタの顔をよく見ると、口の端にチーズがついていた。

相変わらずかと苦笑を思わず溢《こぼ》し、それから俺たちは卓を挟んでピザを口に運んだ。こんな風にシエスタと食事を共にするのも一年ぶりのことだった。

「……美味《うま》いな」

疲れた身体《からだ》に、懐かしいジャンクな味が染み渡る。四年前もこうしてシエスタと一緒に俺の家でピザを食べた。それから俺は彼女と冒険の旅へと出て、三年にもわたって目も眩《くら》むような非日常を過ごしたのだ。

度重なる《人造人間》との戦い、予想もしなかった事件の数々、それらを無事に解決し終えた時、俺たちはコークで乾杯してこうやってたらふく飯を食った。

……幸せだと思った。風呂に入って、飯が食えて、大事な誰かと言葉を交わせる。けれどそれは今、ここに生きている者だけの特権だ。そうではない者は。夏凪《なつなぎ》は——

「助手」

ふと気付くと、シエスタの指先が俺の目元を拭っていた。

俺はこんなにも弱い人間だっただろうか。

「……悪いな」

「今さらだよ」

俺とシエスタの苦笑が重なる。

「私は君の弱い部分だって、なんだって知ってる」

だから大丈夫、とまるで俺の保護者のようなことを言う。

「この一年のことは知らないだろ？」

「そうだね、でも」

するとシエスタの浮かべていた笑みが、困ったような微笑に変化した。

「君が私を生き返らせようとしていたことだけは知ってる」

ああ、そうか。約十日前、風靡《ふうび》さんと戦った直後。俺が《シエスタ》に……それから夏凪の心臓に向けて叫んだあの夜明けの誓いは、彼女にちゃんと届いていたのか。

「言わないのか？」

俺は向かいのシエスタに訊《き》く。

「なにを？」

「いつものあれだ」

バカだと罵られてもおかしくない。むしろそうあるべきだと思った。

俺のあの願いが今回なにを引き起こしたのか、それを考えれば――

「言わないよ」

そう口にしたシエスタの顔を俺は見ることができない。

「言っていいはずがない」

そこまで聞いて俺は顔を上げた。シエスタは真《ま》っ直《す》ぐに俺を見つめていて、気のせいだろうか、その瞳は少しだけ潤んでいるように見えた。

「……この台詞《せりふ》を、今の俺が言う資格はないと思ってた」

だけど、言っておかなければ嘘《うそ》になる。

「また会えてよかった」

そう思って俺は、ずっと飲み込んでいた言葉をシエスタに伝えた。

「うん、私も同じ気持ちだよ」

そしてシエスタは、昔のようにからかうこともなく微笑と共に俺の言葉を受け入れた。

だけど、俺もシエスタも、本当の意味で今のこの状況を喜ぶことはできない。確かに願いはこうして叶《かな》った。だが、これは俺の求めていた物語の結末ではない。これをハッピーエンドと呼ぶことは到底できなかった。

「なあ、シエスタ。夏凪《なつなぎ》を諦めないって、一体どういうことだ？」

だから俺はもう一度、彼女にそう訊《き》いた。

「まだ私も、なにも断言はできない。でも、夏凪渚《なぎさ》が死んだ姿を実際に見た人はいるの？」

……そういうことか。シエスタはまだそれを知らないのか。

ほんの一瞬、見えたような気がした光明はすぐに潰《つい》えた。

「──俺が見た。俺が握ったんだ、冷たくなっていく夏凪の手を」

三日前の光景がふいに脳裏によぎり、胃の底から酸っぱいものがこみ上げてくる。

あの日、俺は病院のベッドで風靡《ふうび》さんに夏凪の死を知らされた。だがそれを簡単に信じたくはなかったし、感情論を抜きにしても、やはり信じるべきではないと思った。

なぜなら一年前、俺はシエスタの死についても大きな誤解をしていた。当時ベテルギウスの《花粉》によって記憶の一部を失っていた俺は、後に風靡さんからシエスタの死を知らされたものの、結局それは真相とは異なるものだった。

ゆえに今回の風靡さんの発言もまた額面通りに受け取ることはできないと考え直した俺はそれから病室を飛び出し……そこで、一人の医者と対面した。この病院の院長であると語ったその男は、そのまま俺をとある病室へと案内した。そして。

「ベッドの上には、人工呼吸器を装着した夏凪渚が眠っていた」

身体《からだ》には沢山のチューブが繋《つな》がれ、ありとあらゆる科学の力をもって一人の少女の命を救おうとしているように見えた。

「じゃあ、やっぱり渚はまだ……」

「生きていると、俺も思った」

確かに予断を許さない状況ではあるものの、それでも夏凪はまだ生きている。ここから助かる可能性がきっとある。そう希望を抱いた俺に、医者は告げた。

『──夏凪渚は今、脳死状態にある』

脳死とは、文字通り人間の脳が完全に機能を停止した状態のことを言い、回復の可能性は──ゼロ。患者が目を覚ますことは二度となく、世界中の多くの国で、脳死はそのまま人の死であると見なされていた。

人工呼吸器の装着と投薬により心電図はまだ静かに波を打ってはいるものの、それも長く続くものではない。夏凪《なつなぎ》には身寄りがないため、人工呼吸器を外す判断を下す人間がおらず、ただこのような措置が取られているとのことだった。

それから間もなくして夏凪の容態は急変し、面会謝絶になった。だがその直前、最後に握った夏凪の手は、彼女の名に似合わぬほど氷のように冷え切っていた。

「そういう、こと」

事の顛末《てんまつ》を聞いたシエスタは、なにかを考えるように目を伏せる。

「渚《なぎさ》の現状を確認することもできない、と……」

そう。さっきも言ったように、今となっては夏凪との面会は許されていない。むしろ面会謝絶という意味を考えれば、夏凪の身になにが起きたのか、ある程度察しはつく。やはり、夏凪はもう――

「今の夏凪の状態は分からない」

俺は頭の中ではすでに出ているはずの答えをかき消して、シエスタに応える。

「ただ、夏凪がこうなるに至った経緯を知っている人間になら、心当たりがある」

「それって……」

シエスタもその存在に思い至ったのか、きゅっと眉根を寄せた。

「ああ、お前の後輩――ミア・ウィットロックだ」

◆メイドは真夜中に踊る

「そっか、君もミアに会ったんだね」

目的地へ向かう車中、後部座席に座ったシエスタが隣で口を開く。

ミア・ウィットロック――世界を守る十二人の《調律者》の一人であり、その役職は《巫女《みこ》》。彼女は世界における重大な転換点を予知する能力を持っており、約一週間前――シエスタを生き返らせるヒントを求めて、俺は夏凪と共にミアのいるロンドンへ飛んだ。

「ああ、お前の話を沢山したよ」

シエスタの後輩であったらしいミアと、あの日ロンドンで交わした会話を思い出す。シエスタが過去、俺と出会う前にどのように《原初の種《シード》》と関わっていたのか。どういう経緯で《聖典》が《SPES《スペース》》側へ渡ったのか。そしてその裏では、シエスタがどんな覚悟をしていたのか――

「怒ってる？」

するとシエスタが、俺の方を見ることなくそう尋ねてくる。

「私があの三年間、多くを君に隠してたこと」

……そうだったな。それはたとえば今戦っている敵の正体。シエスタが名乗る《名探偵》の本当の意味。それから彼女の交友関係。俺はシエスタにずっと、肝心なことはなにも知らされずにいた。

「隠さなきゃならない理由があったんなら、怒れるはずもない。……だけど」

そう言うとシエスタが俺を振り向くのが分かった。

「自分を犠牲にするやり方だけは認められない」

それはシエスタだけじゃない、二人の探偵に言いたいことだった。

「……そう、だね」

シエスタは車の窓から落ちかけた陽《ひ》を眺め、小さく零《こぼ》した。

「でも、まさかミアが日本にいるとはね」

それからシエスタは切り替えるように「会うのは一年ぶりだ」と微笑を頰《ほお》に浮かべた。

ミアは今ロンドンではなく、ここ日本にいるらしい。彼女は以前にも予測した未来が変わった時に、それを直接確認するために日本を訪れていた。そして今回、《名探偵》が生き返るという世界の重大な転換点を迎え、それを《巫女《みこ》》が観測しないはずがなかった。

「そしてミアは、渚《なぎさ》がこうなった事情を把握している可能性がある、と」

「ああ、少なくとも俺が知らない舞台裏をあいつは知っているはずだ」

それが今、俺たちがミアのもとを訪ねようとしている理由。およそ一週間前、ロンドンの時計台でミアと夏凪《なつなぎ》は秘密の話し合いをしていた。俺たちはその裏側を知るために、ミアが今いると思われるとある場所に向かっていた。

「けどシエスタ、大丈夫か？」

俺が訊《き》くと、シエスタはその意図が分からないのか首をかしげる。

「その、目覚めたばかりだろ。なのに急に動いて」

つまりは今さらながら、シエスタの身体《からだ》を気遣うことなく外へ連れ出してしまったことが気になったわけだ。

「君にそこまで心配されるほど私は落ちぶれてないよ」

しかしそれは杞憂《きゆう》だったのか、シエスタは目を瞑《つぶ》ったまま呟《つぶや》く。

「それに、時間もないからね」

「ああ、そうだな」

斎川《さいかわ》がシードの器に据えられるまで、きっとそう猶予はない。そう思い、俺は運転手に声を掛ける。

「少し急げるか？　《シエスタ》」

すると運転席でハンドルを握っていた彼女はバックミラーでちらりと俺を見る。

「君彦《きみひこ》に指示をされるとやはり癪《しゃく》に障りますね」

そこにいるのはかつてのメイドｖｅｒ《シエスタ》――どうやら彼女も、本家本元の名探偵と共に帰ってきていたらしい。ただその身体は本物のシエスタへと返されたわけで、今の彼女はまったく新しい肉体を手に入れたことになるのだが……。

「どうしました？　新しい私に見惚《みと》れでもしましたか？」

俺の視線に気付いたのか、《シエスタ》が真顔のまま訊いてくる。

「新しい私と言われてもな……結局見た目はそのままなのか」

つまりは相変わらずシエスタと瓜二つの身体《ボディ》を持つ少女がそこにいた。本家と違うところと言えばメイド服姿であることと、髪留めがついていないことぐらいか。

「ええ、これが《私》ですから」

少し前まで《シエスタ》は、《SPES》《スペース》の研究施設を拠点にしている謎の医者によって修理を受けていた。だとすると今の肉体も、その医者によって作られたものなのだろうか。

「ただ、残念ながら今の私は戦闘には特化していません。身も心も機械になったわけですし、戦うメイドロボになっても良かったのですが」

そう付け加える《シエスタ》は、バックミラーの中で表情は変えない。

「機械の心、なんて言われてもピンと来ないな」

だがそんな彼女に、俺はこう文句をつける。

「少なくとも、誰かのために願えるやつがただの機械であるはずがない」

主人の命令に背いてでも、主人を救いたいと願ってしまうような……そんな矛盾を抱えた彼女の心は間違いなく本物だ。

「そうだろ、シエスタ？」

「……うん。まさか君たちにここまで驚かされる日が来るとは思わなかった」

彼女にしては素直に完敗を認める台詞《せりふ》だが、その口元は緩んでいるようにも見えた。

「それじゃあ、君の名前も考えないとね」

そうしてシエスタが運転席に目を向ける。確かに二人に区別をつける意味でも、新たに誕生した命という意味でも、《シエスタ》には新たな名が与えられるべきだろう。

「名前を、つけていただけるのですか？」

赤信号で車は停車し、ミラー越しに《シエスタ》がパチパチと瞬《まばた》く。

するとシエスタは後部座席から身を乗り出し、《シエスタ》の白銀色の髪の毛に、月の形のヘアピンをつけてこう言った。

「君の名前は、ノーチェス」

ああ、確かにそれはこれまで真昼の名を背負ってきた彼女にとっては、相応《ふさわ》しい新たな名に思えた。

◆あの日の真実、最後の願い

「一週間ぶりだな、ミア」

それから目的地に辿《たど》り着《つ》いた俺は、予定通り目当ての人物がそこにいたことにまずはホッとため息をついた。

「いきなり会いたいだなんて、やっぱりあなたは節操なしなのね」

青みがかった髪を右手で振り払い、ミア・ウィットロックは俺を一瞥《いちべつ》する。そんな彼女は、職務を果たすためのいつもの巫女《みこ》装束を身に纏《まと》っていた。

「進展があったらこちらから連絡をするって話だったはずだけれど」

そう、俺は夏凪《なつなぎ》の件とは別に、ミアにとある依頼をしていた。それは、次に訪れる世界の危機……すなわち《原初の種《シード》》の出現にまつわる観測をしてもらうこと。そう都合良くいくものではないと分かってはいたが、それが斎川《さいかわ》の居場所を探ることに繋《つな》がると信じて、俺はミアに縋《すが》ってしまっていた。

「悪い、少し事情が変わってな」

俺はミアと数メートル離れた距離で向き合う。

そんな彼女の背後には、日本の首都を遥《はる》かまで見渡せる光景が広がっている。

ここは日本一高い電波塔の展望台——ミア・ウィットロックはロンドンの時計塔と同じく、街を一望できるこの場所で《巫女《みこ》》としての役目を果たしていた。

「……あなただけ？」

するとミアが、ガラス張りの夕焼けの景色を眺めながら俺にそう訊《き》いてくる。

この場にいるのは俺とミアだけ、ギャラリーは一人もいない……つまりは。

「シエスタなら、今ここにはいないぞ」

俺が言うと、ミアの肩がわずかに跳ねた。

ミアが日本に来た一番の目的はそれだと、確認せずとも分かっていた。

「ここに来る途中でちょっとした事件に巻き込まれてな、シエスタは今その処理に当たっている」

「相変わらずってことね」

ミアは小さくため息をつくと、再び俺の方を向いた。

「それで？　あなたは、本当はなにをしに来たの？」

ミアの藤色の瞳、その視線がまっすぐ俺に突き刺さる。ここからは嘘《うそ》も誤魔化《ごまか》しも許されない。けれどそれは俺にとっても願ってもないことだった。

「ああ、確かめたいことがあってな」

俺は一つ息を整えてから、ミアにこう訊いた。

「シエスタは、夏凪の心臓によって生き返ったんだな？」

それが、俺とシエスタが言葉を交わさずとも辿《たど》り着《つ》いていた共通認識だった。一年前、心臓を失って命を絶たれたシエスタはその肉体を低温状態に保ち、仮死状態のまま生きながらえてきた。ゆえに、そんなシエスタを本当の意味で生き返らせるために必要なピースはたった一つ——心臓だ。

シエスタは、《種》の力によってその心臓にこそ自身の意識を宿していた。つまりは、その心臓さえ彼女の身体《からだ》に戻れば……肉体と精神がもう一度合わされればシエスタは生き返る。構造だけで言えば単純な話だった。

けれどそれには一つ大きな、あまりにも大きな問題がある。その肝心なシエスタの心臓は、夏凪渚《なつなぎなぎさ》の身体《からだ》に埋まっていたのだ。かつて夏凪《ヘル》はシエスタと戦った際に自身の心臓を損傷し、それからロンドンの街で無差別に人を襲い、代わりの心臓を見つけようとした。そうして最後にようやく適合したのがシエスタの心臓だったのだ。ゆえに再び、その心臓を失うようなことがあれば、夏凪は――

「そう」

ミアは表情を変えることなく俺を見つめる。

「夏凪渚はその可能性に自ら気付き、私に言った。もしも自分が死ねば……この心臓を持ち主に返せば《名探偵》は生き返るのか、と」

――やはり、そうだ。夏凪はあの時、その覚悟をもう済ませていたのだ。

自分が死ぬことによってシエスタが生き返るかもしれないと。

だから一週間前のロンドンで、夏凪は俺にこう約束していた。

『あたしは必ず、どんな手を使ってでも、シエスタを取り戻してみせる』

どんな手を使ってでも。たとえ、その身を犠牲にしても。

「……ミアは、引き留めなかったのか？」

「ええ」

「っ、なぜ……！」

俺は握った拳の爪が掌《てのひら》に刺さるのを感じながらそう訊《き》いた。

「だって！」

ミアの叫び声が展望台に響き渡る。

「未来を変えるっていうのはそういうことでしょ！」

大きく肩を震わせる彼女は、今までで最も怒っていて、それ以上に泣いていた。ミアは大粒の涙をぽろぽろと零《こぼ》しながら、俺に向かって、あるいは自分自身に対して激昂《げきこう》する。

「それがどんなに辛《つら》い選択でも、本当に叶《かな》えたい願いがあるのなら、私たちは……！」

……ああ、そうか。それは俺自身がミアに依頼したことだ。共にシエスタを取り戻そう、と。そのために新しい未来《ルート》を探してほしい、と。その結末がこれだ。

一年前、シエスタは死に、彼女の心臓によって夏凪が生き残った。

そして今、夏凪は死に、その心臓によってシエスタが生き返った。

これが唯一、俺の望んだ奇跡を叶えられるルートXの結末だった。

「俺が、そうさせたんだな」

ミアに、そして夏凪に。であれば、俺が彼女たちを責められるはずがなかった。

『たとえ何を犠牲にしても、何を代償に捧《ささ》げたとしても、それでも己の願いを叶えるために、歩みを止めるな』

コウモリが俺に向けて最期に残した言葉を思い出す。

覚悟なら、とうの昔にできているつもりだった。

だがその俺の覚悟とは《種》を飲んだこと、つまりはこの身を捧げることだった。

たとえば身体の一部や幾ばくかの寿命を《種》に持って行かれようと、もしもそれでシエスタが生き返るようなことがあるのなら、俺は喜んでそうするつもりだった。

……けれど俺は、夏凪《なつなぎ》もまたそれと同じことを考えている可能性に至れなかった。俺だけじゃない、夏凪もシエスタをどれだけ取り戻したいと願っていたか、その激情に気づけなかった。

そう、夏凪とシエスタは俺よりも早い六年前にすでに出会っていた。そしてシードによって二人は記憶を奪われ、敵として出会い、やがて死に別れた。

けれどその死別は、シエスタの夏凪に対する献身によるものだった。夏凪の生き直したいという願い、学校に通ってみたいという願いを、シエスタは自らの心臓を使って叶《かな》えたのだ。であれば、その記憶を取り戻すべての事情を知った夏凪が、今度は自分を犠牲にしてでもシエスタを救おうとするのは、今思えば不自然なことではなかった。

「渚《なぎさ》はホッとしたように笑ってた」

ミアが、何度も涙を拭いながら言う。

「もちろん、最初から死ぬつもりはないけど……それでも、やっと探偵として果たすべき仕事ができるって。これでセンパイや、あなたにも恩を返せるって」

「……っ！」

そんなのは間違いだ。恩を返せていないのは夏凪じゃない、俺の方だ。

「私は渚に訊《き》いた。怖くないのか、本当にそれでいいのか。そしたら彼女は」

ミアは遠く外を眺めながら、

「借りてたものを返すだけだって。これが正しいルートだって」

渚はそう言ってた、とあの日の舞台裏を語った。

「そんなはずがない、それが俺の望む未来のわけが……」

「ええ。私もそれが正しいだなんて思わなかった。思うはずがなかった」

ミアは展望台のガラス窓から夕焼けの空を見ながら、ぽつりと漏らす。

「そんな選択が正しいわけがない。少なくともその未来は、君塚君彦《きみづかきみひこ》が望むものではないとすぐに分かった。あれだけあなたに説得されて、心を動かされてしまって、協力をしたくなってしまって……なのにその結果がこれだとしたら、私はたとえあなたに殴られても文句は言えないと思った」

それでも、とミアは続ける。

「私は夏凪渚のその選択を……激情を、否定できなかった」

ミアの横顔に、一筋の涙が流れる。

一年半前、シエスタの賭けを止められなかった時もミアはこんな風に泣いたのだろうか。

「だから私はセンパイに合わせる顔もない。センパイの願いも裏切って私は、夏凪渚の激情を優先しようとした。だから——」

「——それは違うよ」

その時、俺でもミアでもない第三者の声が展望台に響いた。空気を裂く声に引っ張られるように、ミアが振り返る。その視線は俺のすぐ横に向いていた。

「久しぶりだね、ミア」

それは巫女《みこ》と探偵、二人の正義の味方による一年ぶりの再会だった。

◆名探偵は二度誓う

「セン、パイ……」

ミア・ウィットロックは、そんな白髪の名探偵を呆然《ぼうぜん》と見つめる。

シエスタが生き返っていたという事実、あるいはその可能性は当然ミアもすでに知っていた。だがそれはきっと、あくまでも頭で情報として理解していただけに過ぎない。

一年ぶりの、本来は決してあり得なかったはずの再会に、ミアはその場で固まったまま涙を流す。

「泣き虫なところは変わってないみたいだね」

俺の隣でシエスタは微笑を浮かべる。

「……センパイの前でそんなに泣いた記憶はないけど」

一方のミアはバツが悪そうに顔を背ける。

そんなミアを見てシエスタは、なぜかため息交じりに俺をじろりと見つめた。

「君のその、すぐに女の子を泣かせたがる癖は直した方がいいと思うけど」

「誰が好き好んで修羅場を迎えたりするもんか」

「まあ、むしろ相変わらずで安心したとも言えるけど」

「嫌な安心の仕方をするな」

相変わらずのこの体質のせいで、さっきまで迷惑をかけていたことは否定できないが。

「それに、こういう時はいつも私の出番だった」

と、シエスタはミアの方に一歩足を踏み出す。

「……っ」

しかしミアは表情を歪《ゆが》める。

自分はシエスタに顔を合わせる資格がないと、今の彼女はそう考えてしまっている。

「私はセンパイの守りたかった未来を否定した。そして新しく見出《みいだ》したそのルートは、また一人の命を奪った。誰も幸せにならないことなんて、分かってたのに」

そう、この結末が正しいだなんてミアも思っていない。だが彼女はあの時そうせざるを得なかった。夏凪《なつなぎ》の激情を無視することはできなかったのだ。かつて恩人を救えず、今回その無念を晴らす機会を得て……しかしその代償としてまた一人の探偵が犠牲になった。

一週間前のロンドンで、ミアは新しい一歩を踏み出した。だけどそのつま先が、目指した未来に向いているとは限らなかった。

「ごめんなさい」

目を赤くしたミアがそう素直な言葉で頭《こうべ》を垂れる。

「また私は《名探偵》の賭けを止められなかった。それが間違いなのかもしれないと分かっていても、どうすることもできなかった。私は、私は……っ」

「それは違うよ」

ミアの言葉を遮るようにして、シエスタがふっと彼女を抱き締めた。ミアの驚いた顔がシエスタの腕の中に覗《のぞ》く。

「まず一つ、謝らなければならないのは私の方だよ。ごめん、ミア」

そうしてシエスタは、ミアに謝罪の言葉を口にする。

「……どうして、センパイが」

ミアはシエスタの意図が分からないのか、藤色の丸い瞳を揺らす。

「昔、私の我《わ》が儘《まま》に付き合わせてしまったせいで君に辛《つら》い思いをさせた。そのことを今、改めて謝罪したい」

それは今から一年半前のこと。シエスタは最終的に自分が犠牲になる可能性を織り込む形で、《聖典》を敵に盗ませる作戦を立てていた。そしてシエスタはその計画を実現すべく、ミアに協力を要請していた。

「……センパイは《調律者》として使命を全うしようとしていただけ。ただ、私にはその覚悟がなかった」

ミアはそう零《こぼ》しながら、シエスタの胸の中で涙を流す。

「そして今回も私はまた……」

「だから、それも違うよ」

しかしシエスタはミアの両肩を掴《つか》むと、強い口調でこう主張する。

「だって、まだこのルートは終わりを迎えてない」

その言葉にミアは丸く目を見開く。

「確かに渚《なぎさ》の犠牲によって私は生き返った。でも、ここで終わりだなんて誰が決めたの？」

そしてミアと同じく、俺もまたシエスタの発言に身体《からだ》が震えた。

俺がシエスタを生き返らせるまでこの物語は終わらせないと、そう誓ったように。

シエスタもまた、この絶望的な状況にあってもなお夏凪《なつなぎ》渚を諦めていなかった。

「いい？　ミア」

そうしてシエスタはこの展望台で、日本の中心で宣言する。

「私は絶対に夏凪渚を救ってみせる」

彼女が、私を諦めないでいてくれたように、と。

シエスタはそうやってミアと俺に、あるいは自分自身にそう誓った。

「……本当？」

ミアがどこか子どものような声でシエスタに訊《き》く。

シエスタはそんなミアの涙を拭いながら、微笑を湛《たた》えてやはりこう言った。

「うん。だって、私はハッピーエンドの物語が好きだから」

◆号令は、鳴った

「ごめんなさい」

それからややあってミアは再び俺たちに頭を下げた。

だがそれはさっきまでの件とは異なる。

「この《原初の種》を取り巻く未来は、どうやっても今の私には観測できない」

元々ミアには、シードという《世界の敵》にまつわる未来を観測してもらおうとしていたのだが、やはりそれは失敗に終わってしまっていた。

「いや、仕方ない。そう都合よく見たいものが見られるわけではないことは分かってる」

「……それも、そうなんだけど」

しかしミアはなにか言いたげにちらちらと俺に視線を送る。

「どうした？　言いにくいことか？」

大体俺の身の回りの人間は決まって、そういうのを遠慮するタイプではないのだが。

「君のせいって言いたいんじゃない？」

その第一号が、この隣にいる白髪の少女だ。

「ミアが未来を見通せない原因が俺にあると？」

そんなバカな、とミアの方を見ると気まずげに視線を逸《そ》らされた。本当に俺かよ。

「俺がなにをしたって？」

「君は未来を変えた」

するとシエスタが代わって端的に言い放つ。

「私が元々想定していた未来では、君と渚《なぎさ》、それからシャルと唯《ゆい》が《SPES《スペース》》を……シードを倒すはずだった」

もちろん願望の域は出ないけど、と語る。それがシエスタの遺志であり……俺と夏凪《なつなぎ》、それにシャルと斎川《さいかわ》がシエスタの残した遺産という話だった。

「けれど君たちはそこから、私でも想像できなかった道を歩き始めた」

……ああ、その通り。俺はシエスタを諦めることができず、夏凪たちと共にその可能性を模索し始めた。それは巫女《みこ》も名探偵も想定していなかった未来。

そしてその顚末《てんまつ》は今の通り──夏凪は命を失い、斎川は敵に連れ去られ、シャルは重体に陥ったまま。元々のシエスタの期待からも、俺の理想からも、あまりに遠く離れたルートを俺たちは進んでしまっている。

「今、未来はあまりにも不確定」

目を閉じて俺たちの話を聞いていたミアは、ゆっくり瞼《まぶた》を開けながら口にする。

「あなた達が未来をかき乱した結果、もはや《原初の種《シード》》との攻防に関して定まったルートは存在しない。どちらが勝つのか、その過程を含めて私に観測できることはもうなにもない」

それが《巫女》ミア・ウィットロックの結論。未来を見通す《調律者》である彼女にすら、この物語の結末は見通せない。──だけど。

「それはつまり、まだ負けと決まったわけでもないってことだ」

確かに思い描いたルートとはまったく違った。大切な仲間を三人も失った。だけど今、俺の隣にはまだ最後の希望が残っている。

「そうだろ？　シエスタ」

俺はその、名探偵という名の希望を見つめる。

未来が不確定というのなら、俺たちの手で世界の敵を倒す。

そして仲間を全員取り戻すこと、それがシエスタの目指す物語の終着点だった。

「うん──そのために、私は帰ってきた」

シエスタの儚《はかな》げな微笑は、物語のヒーローのごとく自信に溢《あふ》れた顔ではない。

けれど今の光の見えないこの状況にあって、彼女がこうして横にいてくれるだけで、俺はまだ明日を見られるような気がした。

「助手」

と、シエスタが俺の胸あたりを指さした。気付けばジャケットの内ポケットで、スマートフォンが振動している。俺はそこに表示されていた名前を確認して着信に応じた。

『よおクソガキ、そろそろ布団から出た頃か？』

スピーカーから、煙草《たばこ》の煙を吹き出す音が聞こえる。

電話の相手は加瀬風靡《かせふうび》──夏凪渚の死を、最初に俺に知らせた人物だった。

「風靡《ふうび》さん。やっぱり俺たちは、夏凪《なつなぎ》をまだ……」

『──君塚君彦《きみづかきみひこ》』

電話口から、凍るような冷たい声が発せられる。

『希望に縋《すが》る暇があったら武器を取れ』

……ああ、分かっている。それが加瀬《かせ》風靡という人間だ。

世界の危機を討ち滅ぼす《暗殺者》としての使命を担った正義の味方──否、悪の敵。一時の感情や、1％の期待には縋らない。確かな論理と積み上げた己の力量だけを信じ、それをもって世界の敵を倒す。そしてそれらが必要な境遇が差し迫っていることを、すぐに俺は知る。

「────ッ」

異変は、突如襲ってきた耳鳴りに始まった。

まるで耳元で巨大な鐘が鳴っているような感覚が走り、それはすぐに頭痛と吐き気をもたらした。俺は思わず電話を手放し、その場に膝を折る。

「君彦？　……センパイ！」

ミアが俺のもとに駆け寄り、だがすぐにシエスタにも目を向けた。

この謎の現象に遭っているのは、どうやら俺とシエスタだけらしい。

「……これ、は？」

俺と同じく床に膝をついたシエスタは、胸を押さえながらこの謎の現象に顔を歪《ゆが》める。

『来たぞ、敵が』

するとと床に投げ出されたスマートフォンから、風靡さんの声が再び聞こえてくる。

刹那、今度は遥《はる》か遠くで爆音が鳴り響くのが聞こえた。

「今度は、なんだ……」

やがて頭痛と吐き気が少し収まってから、立ち上がり外の景色に目を向けた俺は。

「なにが、起こってる？」

高さ450メートルの視界から、巨大な《触手》がビル群を襲う様を目撃した。

◆植物都市20××

「なんだ、これ……」

しばらくして謎の体調不良から回復した俺とシエスタは、電波塔から現場へと駆けつけていた。だがそのあまりの目の前の光景に、俺は思わずその場に立ち尽くす。

陽《ひ》の落ちた街。辺りのビル群に、巨大な《触手》としか形容しようのない太く長い植物の根が巻き付いている。また、高架線上の線路にも夥《おびただ》しい量の蔓《つる》が生い茂っており、走行中だったと思われる列車がそれに搦《から》め捕られるように停車していた。現場は阿鼻叫喚《あびきょうかん》――人々は逃げ惑い、至る所で交通事故が起き、煙と炎が上がっている。

「助手！」

と、その時。身体《からだ》に強い衝撃が走る。

「……っ？」

気付けば俺はアスファルトに倒れており、シエスタが上に覆《おお》い被《かぶ》さっていた。

そして次の瞬間、俺たちが倒れ込んだすぐ脇に、歩行者用の信号が倒れてきた。その支柱にも謎の植物が巻かれている。なぜ交通事故が多発しているか、もっとよく考えるべきだったらしい。

「どうなってるんだ、これは……」

俺はシエスタの手を借りながら起き上がり、改めて周囲を見渡す。地面は裂け、建物には植物が巻き付いている。信号や標識も破壊され、すでに車を投げ出している人も多い。今この街はまさに植物に……いや、《原初の種《シード》》によって支配されつつあった。

「助手、あれ」

シエスタが急《せ》くように指を差す。それは一本の《触手》が逃げ遅れた若い男性を襲い、簀巻《すま》きにする光景だった。そしてそのまま《触手》は男性をどこかへと連れ去っていく。

「シエスタ、追うぞ！」

今さら民間人を攫《さら》って敵はなにをするつもりだ？

シードは決して人類への攻撃を主たる目的とはしていないはずだったが……。

「普通に追いかけても間に合わない。助手」

するとシエスタは俺の手を引いて走り出し、やがて近くのビルの外階段を駆け上る。そうして高い視点から、《触手》の行く先を観測する。

「あれは……」

遠くにある一際背の高い商業ビルが、巨大な樹木に貫かれている。そしてその上部には、大きく膨らんだ熟れた果実のような物体が張り付いて見えた。

「斎川唯《さいかわゆい》がいる」

シエスタはどこから取り出したのか双眼鏡を覗《のぞ》きながら、遠くのビルの上部を指さす。

「あの巨大な《果実》の中に斎川唯と、それから複数の民間人が囚《とら》われている」

「無事なのか⁉」

「ぐったりしてるように見える。もしかしたら意識を失っているのかも」

……っ、だがこれで目指すべき道は見えた。

「あの囚われた民間人は多分――養分。それを吸い取って斎川唯という器を育てている」

なるほど。器を育てる……あるいは修復、か。

斎川は数日前の戦闘によって、シードも予想し得なかった怪我《けが》を負った。ゆえにシードは改めて斎川を強固な器にするべく、彼女の傷ついた肉体を回復しようと試みているのだろう。そして今は、恐らくその最終フェーズだ。

「シエスタ、急ぐぞ」

敵の目的、そして仲間の居場所が分かった。であれば、いつまでもこんなビルの階段で遠くを観察している暇はない。

「早く斎川の所へ……」

そう言った次の瞬間、ふわりと俺の身体が浮いた？

「助手！」

シエスタが俺を見下ろして叫ぶ。それによってようやく、俺は自分が落下していることに気付いた。いつの間にか地面から伸びた植物の蔓《つる》が、ビルの階段を破壊していたのだ。

「――っ！」

受け身の体勢を取ったところで、十メートル下のコンクリートに落下して無事でいられるのか。《種》を飲んだことで多少、丈夫になったはずの肉体を信じて落下を続ける――

「ん？」

すると数秒後、俺の身体《からだ》はなにかに衝突した。しかし思ったほどの衝撃は起きず、不審に思いつつ目を開けると……そこに広がっていた光景は。

「よお、くそがき。これでお前はアタシに一生頭が上がらないな」

赤髪のムカつく女刑事がドヤ顔で、俺を腕の中にすっぽりと抱きかかえていた。

「……何百キロの衝撃だと思ってる？」

俺は風靡《ふうび》さんの腕の中で、彼女の顔を間近に見つめながら苦笑する。俺の体重は六十キロ弱。しかも十メートルの高さから落下した衝撃を考えると……。

「お巡りさんを舐《な》めるな。アフリカゾウぐらいなら片手で抱えられる」

……そりゃおっかないな。二度と刃向かわないでおこう。

「助手！」

遅れてシエスタがすたっとアスファルトに着地する。

こっちもこっちでナチュラルに人間業じゃないな。

「久しぶりだな、名探偵」

そんなシエスタの様子を見て、風靡さんはニッと笑う。だがシエスタが今この場にいることには驚かない。まるで、彼女が生き返ったことはすでに悟っていたかのようだった。

「死後に迷惑をかけたこと、悪かったと思ってる」

するとシエスタは、まさにこの世に生き返った彼女にしか口に出来ない言い回しで風靡さんに謝罪する。

「それから、シャルを含めてみんなを守ってくれたことも感謝してる」

またシエスタはそう言いながら……しかしなぜか風靡さんに冷たい視線を送る。

「ん？　ああ、返す返す」

風靡さんはおどけるようにしながら、お姫様抱っこ状態だった俺を地面に下ろした。

「それで、状況は？」

そしてシエスタは改めて、今この街で起こっている事象を風靡さんに問う。俺たちにあぁして電話をしてきたということは、ある程度の経緯を把握しているはずだ。

「なんの前触れもなく突然らしい。街のど真ん中のビルを突き破るようにして大木が生えたかと思ったら、あちこちで地割れが発生。そして植物が人を襲い始めた」

警察も今パニックだ、と風靡《ふうび》さんはため息をつく。

「シードもこの近くにいると？」

俺も風靡さんにそう尋ねる。これだけの事態を引き起こしている以上、敵が現場にいないとは思えないが。

「どうだろうな。アタシは敵の顔も知らないが」

「あなたがそのシードという可能性は？」

シエスタがさらりと言ってのける。そういえば約一年前、ロンドンでそんな事件もあった。風靡さんに擬態したシードが俺たちに接触してきたことを思い出す。

「ハッ、死んでいる間に推理の腕も鈍ったか？」

だが風靡さんはシエスタの発言を一笑に付す。

「もしアタシが本当に敵だったとしたら、さっきの時点でそのくそがきを殺してる」

ああ、それもそうか。彼女はあくまでも本物の加瀬《かせ》風靡ということらしい。

「けど、だとしたらいいの？」

するとシエスタは訝《いぶか》しげに風靡さんを見つめる。

「《SPES《スペース》》を倒すことはあくまでも《名探偵《わたし》》に課せられた使命。《暗殺者《あなた》》がそれに手を貸すことは本来許されないはずだけど」

それが連邦憲章とやらで定められているルール。《世界の危機》は無数に存在するため、それに対処する《調律者》は最初からそれぞれ決まっているという。《原初の種《シード》》の襲来という危機は、《名探偵》に託されているはずだった。

「手を貸す？　違うな。アタシはただ、お前らの尻ぬぐいをしてやっていただけだ」

　そう言って風靡さんは俺とシエスタを見ながら、意地の悪い笑顔を浮かべた。

「だがまあ、今は一旦《暗殺者》の方は休業だ。民間人の避難の誘導は任せて、お前らは斎川唯《さいかわゆい》の救出と敵を叩《たた》くことに専念しろ」

　そして彼女はサバイバルナイフを俺に放って託すと、

「アタシは警察官としての職務を全うすることにするさ」

　赤髪のポニーテールを揺らしながら、自信たっぷりな顔でそう言い切った。

「助手、行こう」

　シエスタに促され、俺たち二人は改めて斎川のもとに向かう。目的地はさっき階段で見た、大樹と一体化しつつある商業ビル。あの《果実》のようなものの中で斎川は眠っている。逃げ惑う人々と逆方向にすれ違いながら、俺たちは現場へ駆けていく。

「どうやって斎川を助ける？」

「ビルをよじ登るしかないかな。あれ、君ってそういうのできるんだっけ」

「できる可能性が1％でもあると思われてたのが意外だ」

「うーん、いつかの蜘蛛《くも》男の能力でも奪っておけばよかったかな」

　と、シエスタはいつだったか昔倒した《人造人間》の一人のことを口にする。

　そういえばシエスタは、俺がカメレオンの《種》を飲んだことは知っているのだろうか？　それは特別な能力と引き換えに、五感や寿命を捧《ささ》げる諸刃《もろは》の剣。俺がシエスタを取り戻すためにその《種》を摂取したことを知ったら、彼女は俺になにを言うのだろうか。心配してくれるのか、それとも――

「助手？」

無言の俺を不審に思ったのか、シエスタが振り返りながら俺を一瞥《いちべつ》する。

「いや、なんでもない」

急ごう、とだけ言って俺は仲間のもとへ走った。

「うん、本当に急いで。さっきからずっと君のペースに合わせてる」

「……おぶってもらった方が早い気がしてきたな」

◆それが俺たちのやり方だった

スクランブル交差点から見上げる、地上八階建てのファッションビル。その建物を一直線に貫くように一本の大樹が伸びており、太い枝が壁や窓を大きく突き破っている。

「斎川《さいかわ》……」

そしてビルとほとんど一体化した大樹の上の方には、熟した皮が目立つ《果実》のような物体があり、そこには斎川を含む民間人が囚《とら》われているはずだった。

「外から建物を登るのは難しそうだね」

「じゃあ必然的に中から、か」

突如地面から生えてきたという大樹の幹が貫いているビル。その内部がどうなっているかは分からない。仮に中を進んであの《果実》まで到達したところで、全員を一気に救い出すことはできない。だがまず斎川を引き離すことさえできれば、《果実》を通した養分の供給はストップし、他の民間人をも救うことに繋《つな》がるはずだ。

そう考えを巡らせながらもう一度建物を見上げると、夜空にヘリが飛んでいるのが分かる。上空から街の被害を確認しているのだろうか？

「……ん？」

すると、その時。どこかから長く細い《触手》が空へと伸び、やがてヘリの尾翼を掴んだ。そこから次に想定される事態は一つだけだ。

「助手！」

俺が身体《からだ》を動かすよりも前にシエスタの鋭い声が飛び、そして俺は彼女に守られるようにして地面を転がった。次いで耳をつんざく爆音が鳴る。

「……っ！　シエスタ！」

墜落場所とは距離があってもこの熱風。黒煙で目が開けられないまま俺は探偵に声を掛けるが……返事はない。気付けば彼女の気配も消えていた。まさかと思い顔を上げると刹那、銃声が鳴った。その銃弾は風を裂き、黒煙を断ち切る。

「君が私を心配するのはまだ百年早い」

俺では一生追いつけないと暗に言い含めてくるシエスタは、膝をついた俺の前でマスケット銃を構えていた。そして遠く爆炎の向こうには、つい先日見たばかりの敵のシルエットが浮かび上がる。

「──久しいが、変わらないな」

黒煙が晴れゆく中、《原初の種》がシエスタに対して告げる。人間同士の区別をつけられないはずのシードだが、元器候補だったシエスタに関しては特別なのだろう。

「そういうあなたは、会うたびに違う姿をしてる」

するとシエスタは無表情のまま、そうシードに返答する。六年前にシエスタは初めてシードと出遭っており、それ以来、敵が変態する様を見てきたのだろう。

しかし今のシードは、俺が一週間前に会った時とはほとんど同じ容姿だった。白に鈍色《にびいろ》が混ざったような長髪に、首元までを纏《まと》う鎧《よろい》。顔は生気の無い、中性的な顔立ち。感情もなにもかもどこかへ置いてきたような……切り捨ててきたような目をしていた。

「昔はもう少し、人間らしい部分もあった気もするけど」

しかしシエスタは意外にもそんなことを口にする。シードが宇宙から飛来した種だったとしても、人間に近い部分もかつてはあったと言わんばかりに。

「なにを言っている？」

だがシードは当然と言うべきか、やはり人の言葉は理解できないというように、首を不自然な角度で傾ける。

それは決して惚《とぼ》けているわけではなく、ヘルのように自身の愛の感情に気付いていながらそうでないフリをしているわけでもない。夏凪渚《なつなぎなぎさ》が、かの激情をもってぶつかってなお倒せなかったことが証拠に、《原初の種》に感情なるものは存在しないのだ。

「もう議論は十分だ。すでに号令は出し終えた」

シードの背中から四本の《触手》が伸び、そして割れた地表からも太いいばらが生えてくる。シードが世界中に蒔《ま》いていた《種》は、すでに芽吹く準備ができていた。

「器は直に完成する。今は、この生存本能を邪魔する外敵を排除することとしよう」

そうして《触手》を含めてシードの操る植物の先端が一斉に俺たちに向く。奴《やつ》の言う通りもはや議論で解決できる余地はない。これから待っているのは正真正銘の最終決戦だ。

しかし先日の一件でダメージを与えられているとはいえ、正攻法で勝てるのか。夜になり陽《ひ》も落ちた今となっては、シードの弱点だった太陽光はもう期待できない。

「どうする、シエスタ」

俺は横に並びながら、世界一頼りになる相棒に訊《き》く。

「大丈夫、私に考えがある」

ああ、これだ。この安心感。俺は三年もの間、そうやって彼女の大きな傘に守られてきた。そう、こんな風に抱きかかえられながら……。

「……ん？」

シエスタが俺を肩に担ぎ上げ、地面に突き刺さる《触手》を巧みに躱《かわ》しながら前進する。

そして宙を飛ぶように跳躍したシエスタは、俺をシードの背後目掛けて投げ飛ばした。

「理不尽だ……！」

俺はそのまま、真正面にあったビルの入り口に転がり込んだ。

だがそのビルは、まさに俺たちが用のあった建物で――

「唯《ゆい》のことは頼んだよ」

「……お前は行動と説明がいつも逆なんだよ」

◆生きとし生けるもの、そのすべてに

昔のことをよく思い返してみるとシエスタが「いい考えがある」と言った時は、大抵俺にとってはよくないアイデアだった。しかし文句を言っている暇もない。

「十分で戻る」

俺は戦場に背を向けて、斎川《さいかわ》の救出に向かう。

十分――その間、シエスタが敵の攻撃を持ち堪《こた》えてくれるのか。だが今は信じるしかない。シエスタが俺を送り出したその選択を尊重するしかない。それに……今の彼女が、自分を犠牲にするような選択をするとは思えない。

俺はそんなことを考えながら、つい数時間前までは若者の街の中心として活気に溢《あふ》れていたはずのこのファッションビル――その変わり果てた屋内を進む。

「エスカレーターもエレベーターも使えない、か」

電気の供給も止まった暗い建物。フロアの中央には大きな樹木が真《ま》っ直《す》ぐに生えており、蔓《つる》植物もあちこちに生い茂ってる。俺はそれをかき分けて進みながら、上のフロアへ続く階段を見つけた。

確かこのビルは八階建て。そこからさらに屋上に上って、あの大きな《果実》に飛び降りる、と。そうやって頭の中でシミュレーションはしているが、そう簡単に斎川を助けられるのか……考えることが多くて頭痛がする。

今まさにシードと戦っているシエスタ、そして敵に囚《とら》われている斎川。重体だったシャルは入院したままで、夏凪《なつなぎ》に関しては、もう——

「…………っ」

俺の行動によって彼女たちの運命を変えられないことも多く、それについて今考えても仕方ないことは分かってる。それでも、階段を二段飛ばしで駆け上る俺の脳裏には、彼女たちの顔が自然と浮かぶ。

一人だったはずだった。だけど気付けば、俺の周りには彼女たちがいた。いつの間にか、俺には大事なものが増えすぎた。自分よりも大切なものができてしまったら、その時きっと人は——

「！」

四階から五階に向かう途中の階段。その踊り場で、蹲《うずくま》っている人影が見えた。

「大丈夫か？」

逃げ遅れた買い物客か、《触手》に攫《さら》われた民間人か。

暗くてよく見えないが、俺はその丸まった背中に手を伸ばす。

「――ッガ、アアアアア！」

が、しかし。その蹲《うずくま》っていた影は、金切り声のような呻《うめ》きを上げたかと思うと、突如振り返って俺に飛びかかってきた。

まるでゾンビのように掴《つか》みかかってくる人影。だが、思ったほどの力はない。俺は足を払ってそいつを組み伏せ、頭部に銃を突きつける。

「お前は」

銃口の先にいたのは何度も相見《あいまみ》えた敵――カメレオン。

「……いや」

だがすぐに気付いた。こいつは俺が戦ったカメレオンそのものではない――人形だ。約一年前、《SPES《スペース》》の実験施設で遭遇したシードが、自身の身体《からだ》を切り落として間に合わせのクローンを産み落としていた。恐らくこの人形もその一種であり、《人造人間》ほどの力もなければ、あるいは植物や生物としての定義もしがたい。

「許せ」

それでも俺はそう一言漏らし、敵の頭を撃ち抜いた。するとカメレオンを模した人形は、まるで植物が枯れる様子を早送りで見ているかのごとく急速に身体を痩せさせていく。

「──イ、──タ、イ」

そうして最後、そんな絞り出すような声を出して人形は消えていった。

──痛い。

残されたその言葉の意味を思わず考える。

痛みを感じる、そう叫びたいと思うその衝動は、感情とは違うのだろうか。決して感情を持ち合わせていない《原初の種《シード》》、であれば奴《やつ》から生み出される《人造人間《クローン》》は──

「──シメイヲ、ハタス」

その声は背後から聞こえてきた。

振り向くと、大きく鋭い爪が目前に迫っていた。

「っ！」

俺はバランスを崩しながらもそれを躱《かわ》し、攻撃を仕掛けてきた相手の正体を捉える。

「相変わらずの巨体だな、ケルベロス」

身長二メートルの大男、聖職者のような見た目の《人造人間》ケルベロス。やがて敵は、かつてと同じようにその姿を完全な獣人へと変化させる。

「悪いが、お前の相手をしてる暇もない」

俺は躊躇《ためら》わず銃のトリガーを引き、そうして計三発の銃弾によって敵を仕留めた。

「──タ、イ」

細い声で啼《な》くケルベロス。だがこいつもまた、間に合わせで作られた植物人形。本来であればこの程度で止まるはずはない敵だったが、三発の銃弾を浴び、事切れたように俺に向かってふらりと倒れ込んできた。

二メートルの巨体でありながら体重はほとんど感じられず、俺に身体《からだ》を預けながらもその身をぼろぼろと干からびさせ始める。そんな気高きオオカミは、最後に俺の耳元でこう呟《つぶや》く。

「────生キタイ」

生きたい。

痛いではなく、生きたい、だった。

カメレオンもケルベロスも。生きとし生けるもの、すべて。誰も彼もが生きたい、生きていたいと願う。俺がシエスタを生き返らせたいと願ったように、夏凪《なつなぎ》に生きていてほしいと願っているように。

「誰だって、そうだ」

今さらながら改めて俺は理解する。死への恐怖、それは誰にも否定することのできない本能であり、根源的な感情だ。人形だとか、植物だとか、人造人間だとか、そんな言葉に振り回されていると忘れかけてしまう。

ヘルやコウモリはもちろんのこと、カメレオンもケルベロスも、今まで戦ってきた《原初の種》のクローンたちもまた、普通の人間と同様に死に怯《おび》え、怒り、時に様々な感情を剥《む》き出《だ》しにしてきた。

ケルベロスのシードに対する忠誠心、それにカメレオンが夏凪に向けた嗜虐心や俺に対する敵意、それらは紛《まご》うことない感情だ。そうだ、《原初の種《シード》》とは違って《人造人間《クローン》》には明確な感情が──

「──いや、違う」

電流のように一つの仮説が脳を駆け巡る。もしかしたら、俺は……俺たちはこの場に至るまで勘違いをし続けていたのかもしれない。

「だから、お前は……」

と、その時、地震のような揺れで足下がふらついた。今でも外では、激しい戦いが繰り広げられている。立ち止まっている暇はない、俺は屋上に向かって急いだ。

◆いつか全員、連れて帰るまで

そうして階段を駆け上り、俺は遂《つい》に屋上へ続く扉まで辿《たど》り着《つ》いた。錠を銃弾で破壊し、扉を蹴破って外へと出る。

「っ！　ここもか……」

屋上フロアには大樹の樹冠にあたる部分が飛び出しており、周辺は太い枝や葉で覆い尽くされていた。俺はそれをかき分けながら、屋上の縁まで向かう。

「斎川《さいかわ》！」

数メートル下を見下ろすと、例の巨大な《果実》がビルの壁面に張り付いている。遠くからは歪《ゆが》んだ半円のような形に見えていたそれは、上から覗《のぞ》き込むと石榴《ざくろ》のような断面図になっており、球状の赤黒い果肉に囲まれて眠っている斎川《さいかわ》らの姿があった。

俺は意を決してその《果実》に向かって飛び降りる——と、どうやら人間もう一人分の体重は耐えてくれたらしく、無事に着地に成功する。

「っ、この茎を切断すれば……」

複数の民間人と斎川の身体《からだ》には、植物の太い茎のようなものが絡み合っており、このパイプを通して養分の移送を行っているようだった。俺は風靡《ふうび》さんから預かったナイフで一本一本それらを切り離していく。しかし、そうして試行錯誤をしているうちに——

「っ、勘弁してくれよ」

ふと気付くと、ビルの壁面を突き破った《触手》が俺を狙っていた。

それはこのビルを貫く大樹から生えてきた幹のようで、察するにこれは異物を追い払うための防衛システムのようなものらしい。

「っ！」

そして《触手》は計三本に増殖する。俺は慌てて構えた銃で一発、二発と撃ち返し……やがて弾が切れたことに気付く。このままだと三本目の《触手》を避《よ》けられない。さすがにこれはマズイか、と。電話の着信に気付くその瞬間まではそう思った。

「——助かった、シャーロット」

刹那、風を裂いて着弾した三発目の銃弾が《触手》を吹き飛ばした。

「さすがだな、五百メートルは離れてるだろ」

銃弾が飛んできた方向から恐らく彼女はそこにいるだろうと推測し、俺は遠くのビルを見つめながらワイヤレスイヤフォンを通して話しかける。

『これぐらい、なんてことないわ』

すると数秒遅れて、予想通りの人物が応答する。

『一流の狙撃手は二千メートル先の敵でも殺すもの』

その自分に厳しい物言いは、世界一厳しい上司に育てられているエージェントらしいと言えた。

「シャル、怪我《けが》は大丈夫なのか？　風靡さんからはなにも……」

シャルが昏睡《こんすい》状態であると聞いたのが三日前のこと。だがもしもその容態に変化があれば、風靡さんから連絡が来る手筈《てはず》になっていた。

『あの人がワタシの世話を三日も焼くと思う？』

……嫌に説得力があるな。

『ワタシもまだ、大丈夫じゃないからこんなことしかできないけど』

自嘲する声。今も満足に動くことはできないのだろう。

「ここまで手助けしてくれたら十分だ。でも、どうやって病院からそのビルまで？」

『あの子がここまで運んでくれてね』

シャルの言うあの子とは《シエスタ》……ノーチェスのことだ。であれば、夏凪《なつなぎ》やシエスタの現状についてもノーチェスに聞かされているのだろう。

「そうか。じゃあシャルもあとは安全な所に避難を……」

『キミヅカ』

俺が電話を切ろうとした時だった。

『仲間を、頼んだわよ』

それは、ともすればありふれた台詞《せりふ》に聞こえる。部隊やチームで動いていれば当然のやり取りですらあるだろう。だがシャーロット・有坂《ありさか》・アンダーソンが俺にその言葉を掛ける意味は、きっとその何倍も重い。

「ああ、分かってる」

だから俺は、その何年分の思いを一言に詰め込んでから通話を終えた。

「斎川《さいかわ》、そろそろ起きる時間だぞ」

それから俺は、斎川と《果実》本体を繋《つな》いでいた茎のようなものを最後に断ち切り、彼女を揺すって起こした。

「……君塚《きみづか》、さん？」

そうして斎川が薄《うっす》らと目を覚ます。

眼帯のついていない左眼《ひだりめ》からは、海のように青い瞳が覗《のぞ》いていた。

「ああ、君塚さん家《ち》の君彦《きみひこ》だ」

言いながら俺は、斎川をお姫様抱っこの要領で両腕に抱える。

「助けに、来てくれたんですか?」

「俺も助けられながらな」

風靡《ふうび》さんやシエスタに、それから今しがたもシャルに危機を救われたばかりだ。どうやら俺一人ではまだ、大事なものを守り切る力はないらしい。だから今も、まさしく良いところ取りをしているだけだ。

「……相変わらずですね、君塚さんは」

すると斎川が呆《あき》れたように苦笑する。

「いいんですよ? たまにはオチを作らなくても」

「格好《かっこ》付けてもいいのか? たまには」

数日ぶりに再会した俺たちはそんな軽口を交わし合う。だが、お喋《しゃべ》りの続きはここを降りてから……すべてが終わってからだ。俺は斎川を抱きかかえたまま、地上へと跳躍する準備をする。

「ええ、でも格好なんてつけなくても」

そうして斎川は俺にしがみつき、

「君塚さんは最初からずっと格好いいです」

風の音に流されながら、小さな声でなにかを呟《つぶや》いた。

◆原初の願い

「シエスタ！」

それから戦場に戻った俺は、ビルから少し離れた場所でシエスタを発見した。額や肩に薄い切り傷がついているものの、自分の足でしっかりと立っているように見える。

「思ったより早かったね。私の見立てではあと二時間は戻ってこないかと」

……相変わらず俺を不当に低く評価し過ぎだ。二分遅れってとこだろう。

「それで、唯《ゆい》は？」

「ああ、無事だ。……なんか最後に喧嘩《けんか》したが」

結局あのビルから颯爽《さっそう》と飛び降りるのをやめ、無難に窓から建物に戻る選択をしたことで俺への好感度が急落したらしい。理不尽だ。

「今は風靡《ふうび》さんに任せてるから安心していい」

俺が斎川《さいかわ》を背負って下へ降りようとしていたところ、アンカーのような器具をビルの外壁に突き刺した赤髪の女刑事と出くわした。《果実》に囚《とら》われていた他の人たちの救助を依頼し、今は斎川らを安全な場所に逃がす手伝いをしてくれている。

「で、シエスタ。そっちの今の状況は？」

俺は改めて辺りの様子を見渡す。建物の多くは半壊、そして蔓《つる》に覆われ、地割れの状況も酷《ひど》くなっており、都市としての機能はすでに失われている。

「今から第二ラウンドってところかな」

ふとシエスタが、倒壊した建物の一つを鋭く見つめる。やがてその土煙の中から——

「シード……」

鎧《よろい》が一部砕けたシードが、ゆらりと身体《からだ》を揺らしながら顕現する。どうやらこの十数分間、《名探偵》は《世界の敵》と互角に渡り合っていたらしい。

「斎川《さいかわ》は取り返したぞ」

シエスタの隣に並び、俺はシードに向かって言う。

「斎川には二度と手は触れさせない。お前の味方となる《人造人間》も最早《もはや》いない。シード、お前の野望はここで絶つ」

俺はマグナムを、そしてシエスタはマスケット銃を、同時に敵に向ける。

「——ああ、知っている。ゆえに先ほどその《種》は回収し終えた」

するとシードの色のない瞳の奥に、ほんの一瞬だけ青い光が灯《とも》った気がした。

……まさか、さっきの大樹の《果実》を使って斎川の身体から《種》を？

「本来この身が求めていた器なら、ここにある」

そうしてシードの背中から八本もの《触手》が伸び、その先端は一斉にシエスタの方に向いた。銃弾で撃ち返そうにも数が多く、しかもこの《触手》はじきに再生する。俺たちは倒壊したビルの陰に隠れながら敵の攻撃をやり過ごす。

「ということらしいね」

シエスタが額の汗と血を拭いながら、シードの今の発言を補足する。

「これは一年前のやり直し。今の私の左胸には心臓があって、現状は肉体も無事。つまりシードは今度こそ私を器に据えようとしている」

「そういうことか……」

一年前、シエスタは自身の死によってシードの器になる権利を消失させた。だが生き返って、しまったシエスタは今また、シードの器としての資格を得てしまったわけだ。

「でも心配はない。今からまた、私が器になるようなことはないから」

しかしシエスタは毅然《きぜん》とした表情でそう言い切る。

「君がいない間、実は一つ気付いたことがあってね」

「そうか、奇遇だな。俺もだ」

俺たちは互いに顔を見合わせ、頷《うなず》き合う。互いに同じ事を想定しているかどうかは分からないが、少なくとも見当外れなことではないはずだ。

「助手」

シエスタが俺の身を屈《かが》めさせたその時、敵の《触手》が、俺たちの隠れていた建物の外壁を粉砕した。しかしその瞬間、生じた土煙の中に身を潜めるようにしてシエスタは敵に向かって疾駆する。

「──もうその攻撃は見切った」

シードの八本もの《触手》は煙の中のシエスタを捉えようと、蛇腹のように縦横無尽に動き回る。だがシエスタは反対に、それらをまるで踏み台のようにして空を走り、敵のもとへ近づく。

「シエスタ！」

しかしシエスタがそうしてシードの真上に到達すると、八本の《触手》はまるで口を開いた食虫植物のような形状を取り、外敵を捕食しようとする。そして隙間なく八本の《触手》に取り囲まれたシエスタは――

「今のあなたじゃ、私には勝てない」

中から銃撃によってそれを破壊。《触手》は肉片として四散し、さらに敵の真上に降り立ったシエスタは、更なる射撃をシードの首筋に撃ち込んだ。

「――――ッ」

シードにも痛覚は存在するのか、わずかにその顔面を歪《ゆが》めさせる。そして銃撃を受けた首の鎧《よろい》は破壊され、その下の肌を露見させた。すると敵の首筋には銃弾の跡の他に、大きな刃物で斬りつけられたような傷がついていた。

「再生能力も弱くなっている」

シエスタはそう言いながら、足場の悪さをものともせず軽やかなステップで戻ってくる。

「聞いたよ。コウモリとの戦闘によって陽《ひ》の光を浴び、致命傷を負ったこと。それによって、あなたの細胞の再生能力は上手《うま》く働かなくなっている」

それに、と。シエスタは、この戦いの中で気付いたという仮説をさらに告げる。

「あなたは仲間に能力を分け与えるうちに弱体化しつつある」

シードはそれを聞いているのか聞いていないのか、首筋からどろりと粘液を流しながら足をふらつかせる。

「クローンを生み出しているといっても、それは純粋な複製ではなかったってことだな」

俺が言うとシエスタは「そういうこと」と頷《うなず》く。

「《原初の種《シード》》は自分の種を分け与える形で《人造人間《クローン》》を作っている。だからそのオリジナルであるシード自身は、クローンを生み出せば生み出すほど力を失い続けてしまう」

そう、シードが行っているのはあくまでも力の譲渡。能力を自身の配下に分け与え、この地球上に《種》を蒔《ま》いているうちにシード自身の力は弱まっていた。それはシエスタが以前一度シードと交戦し、数年後またこうして出遭ったからこそ気付いた真実だった。

それでも並の《人造人間》よりは遥《はる》かに強いはずだが、今のシードはコウモリが決死の覚悟で浴びせた太陽の光によって、肉体の再生能力も弱まっている。復活を遂げた《名探偵》であれば十分互角に戦える。

「——理解に苦しむ」

するとシードが背骨を曲げた状態で、顔を地に向けたまま言った。

「なぜ俺がわざわざ力を失い、それをクローンに分け与える真似《まね》をしなければならない」

それは決して誤魔化《ごまか》しているわけでも、気付いていないフリをしているわけでもなく、本当に理解ができないと言わんばかりだった。

「それが、お前の望みだったからだろ」

ならせめて俺が思い出させてやる。

もしかするとお前自身も忘れているのかもしれない、その願いを。

「シード、お前の望みは。その生存本能は──」

そうして俺はあのビルの中で辿《たど》り着《つ》いた仮説をこう告げた。

「本当はただ、子孫を生き残らせるためのものだったんだろ？」


刹那、シードの《触手》が俺に向かって飛んできた。

しかし、一歩前に出たシエスタがマスケット銃を剣のように薙《な》いでそれを防ぐ。

「……っ！」

相対するシードに、怒りのような表情は見えない。ただ今の攻撃はまるで、核心をつかれたことによる防衛反応のようにすら思えた。

「──つまり。この生存本能は俺のためのものではないと？　あれらを生かすために備わったものに過ぎないと？」

シードは攻撃の手を一度止めると、ケルベロスやカメレオンを引き合いに出しながら自問自答する。あのクローンを生み出し、この星に残すことが自分の宿願だったのか、と。

「そのためにわざわざ力を分け与えたと？　そうすることでこの肉体が老いると知ってい

てか？　まさかそのような献身を——」

「なにが不思議なんだ？　だってお前は」

俺は代わってシードの問いに答えを出す。

「親だろ、あいつらの」

俺の言葉にシードは焦点の合わない瞳を見開いた。

「だからお前は自分の子に力と、そして感情を分け与えた」

そう、俺たちはずっと勘違いをしていたのだ。確かに今のシードは感情というものを持ち合わせていない。だが初めからそうだったと決まったわけではない。《原初の種《シード》》の出自は約五十年前に地球に不時着したことに始まり、それから奴《やつ》はヒトの身体《からだ》に入り込み、人体の構造を学んでいった。そうしてヒトに擬態するようになったシードが、人間のごとき感情もまた獲得していたとしてもおかしくはない。

事実その予兆はあった。約一年前、俺は《SPES《スペース》》のアジトである孤島にてシードと遭遇した。その時シードはカメレオンに対し、自身の会話を遮られたことで激昂《げきこう》していた。そのエピソード自体は実に些細《ささい》なことだが、しかしそれは同時にシードにも怒りという感情が確かに存在する証明にはなる。それに。

「カメレオンやケルベロスは……シード、お前から生まれた。もし奴ら《人造人間《クローン》》に感情があるとすれば、それは《原初の種《オリジナル》》である親の影響を受けたに決まっている」

つまり俺たちは、順番を見誤っていた。《人造人間》が後天的に感情や人格めいたものを獲得したわけではない。それらは親であるシードによって分け与えられたものだった。

今になって思えば、やはり一年前と比べてシードは、その口調や感情表現がより平坦《へいたん》になっている。シードは自分の力を子に付与する度に感情をも切り離していたのだ。そんな献身とも言える行動をシードが取っていたその理由は、ただ一つ──

「お前は自分が生き残りたかったんじゃない。あくまでも《種》を残したかったんだ」

それもまた、生物にとっての自然な本能。自分が生きながらえるよりも子を残したいという、生物が抱く抗《あらが》えない根源的な感情だ。だがシードはそれに気付かなかった……否、忘れていた。一年前、あの実験施設でシードは確かに俺たちの目的と称して、この惑星を《種》で埋め尽くすと宣言していたはずだったのに。

しかしシードは《人造人間《クローン》》を生み出すにつれて力と感情を失い、やがて己の本来の目的すらも見失っていた。色素の抜け落ちた髪、感情の色が灯《とも》らない瞳、シードは自分でも気付かぬうちに人間性を喪失していた。そんなシードに向けて俺は改めて告げる。

「だからシード。お前の望みは、決して自分が生き残ることではない。あくまでも子である《種》がこの星に生き残ることだ」

それがこの《SPES《スペース》》を巡る物語で、最後に行き着いた俺とシエスタの推理だった。

「──そうか」

遠く離れた場所に立つシードは、ぽつりと漏らす。

「それが俺の宿願。忘れていた目的。生きる理由。種を蒔《ま》く意味。生存本能。──なるほど、そうか」

すべて理解した、と。今さら理解した、と。もしもシードに自嘲するだけの感情が残っていれば、そう唾棄しながら悲しげな笑みを浮かべていたのかもしれない。

今、俺とシエスタの仮説は実証された。そして初めて《ヒト》と《原初の種》は共通の認識を得た。分かり合うことができた。それでもこの一時の静寂が、戦いの終わりを意味しないことを俺は次の瞬間に知る。

「子孫を残すこと。それがこの身に課せられた使命であるならば、なおの事ここで死ぬわけにはいかない」

シードは太い《触手》を背中から一本生やすと、それを己の腹に突き刺した。直後、短く慟哭《どうこく》を上げるシード、だがぐっとその場で踏《ふ》み止《とど》まると。

「──蘇《よみがえ》れ、《同胞》よ」

シードの腹からこぼれ落ちた体液が、割れた地面に広く浸透していく。そして。

「────ゴギャアアアアアアアアアアアアアア」

地獄の門が轟音《ごうおん》を立てて開くように、地の底から災厄が顕現した。最初、液体が染み出るようにして現れたそれは、徐々に巨大な四足歩行の生物としての形をなしていく。

黒い巨体──生物兵器《ベテルギウス》。

眼《め》にあたる器官が存在しないその怪物は、しかし大きな唸《うな》りを上げながら今、確かにこっちを見た。足が動かない。それは別に、この怪物に恐怖しているからではなかった。ただ、どうしても俺の脳裏にはあの一年前の光景がフラッシュバックする。あの島で、この怪物にシエスタは――

「助手！」

だがその遠い記憶ではない、今現実にある声が俺の意識を引き戻した。

「……！　悪い」

改めて俺は、昔よりもさらに巨大化したその怪物を見上げる。体表には、以前には見られなかった黒い鱗《うろこ》のようなものが覆っていた。

「――ガアアアアアアアアアアアアアアアアッ！」

そして全長十メートはあろうかという化け物が、止まった信号を薙《な》ぎ倒し、乗り捨てられた車を踏み潰し、俺たち目掛けて四足歩行で突進してくる。

「……ッ！」

到底、銃で迎撃できるような相手ではない。俺とシエスタは全速力で走りながらそれを躱《かわ》すと、ベテルギウスはそのまま止まることができず、背後にあったビルに激突。だが怪物はまたすぐに振り返ると、その鼻で血の臭いでも嗅ぎ分けているのか、すぐに俺たちに照準を絞る。このままではジリ貧、キリもない。

「助手」

するとその時、シエスタが上を指さした。

空から聞こえるエンジン音――援軍だ。風靡《ふうび》さんの手配か、それとも正式に軍のものだろうか。月の向こうから現れた何機もの戦闘用ドローンが、ミサイル弾の準備をする。

「……ありがたいが」

「私たちも無事じゃ済まないね……」

というわけで、俺とシエスタは頷《うなず》き合い、再び全力でその場を離れる。

それから間もなく背後で浴びる爆発音と炎の熱さ。焼け焦げた臭い。そして。

「――ゴギャアアアアアアアアアアア」

耳を塞いでいなければ鼓膜が破けるほどの咆哮《ほうこう》。しかしそれは、ミサイル弾が確かに怪物に着弾した証明だ。俺たちは瓦礫《がれき》の山に潜り込み、熱風から身を守りながら、黒煙が晴れるのを見守るが……。

「――アアアアアアアアアアアアアッ」

やがて再び怪物が啼《な》いた。あの黒い鱗が攻撃を受け付けないのか、炎の渦をものともせず、ベテルギウスは全身から伸ばした数十本の触手で上空を飛ぶ無人航空機を狙う。

「あれがこっちに墜落したら俺たちもタダじゃ済まないぞ……」

ベテルギウスの《触手》は夜空を逃げるドローンを追い回すと、機体を一つ、また一つと遠くに叩《たた》き落としていく。

「今のうちに」

だがその時、横にいたシエスタが動いた。

「この銃弾さえ通れば」

——紅《あか》い弾丸。それは四年前にもシエスタがコウモリに対して使った武器。あれさえ当たれば、ベテルギウスの《触手》はシエスタを狙うことができなくなる。

そうしてベテルギウスの《触手》が最後に残った一機のドローンと攻防を繰り広げている間に、シエスタは再び敵のもとへ走り寄る。

「っ、シエスタ！」

だが次の瞬間、ベテルギウスには存在しないはずの眼球がこちらを見たのが分かった。あの《触手》は自動追尾……ベテルギウスの意識は最初から俺たちに向いたままだった。

「……ッ」

逃げることを止《や》めたシエスタは、そのまま巨大な敵に向かって紅い弾丸を撃ち込む。だが無情にも、怪物の黒い鱗《うろこ》がそれを弾《はじ》く。

「シエスタ！」

考えるより先に足が動いていた。

いや、その名を叫んだ時にはもう俺は彼女のすぐそばにいた。

「……ッ！」

そうして俺はシエスタに覆《おお》い被《かぶ》さるが、それで敵の攻撃から庇《かば》いきれるはずもない。つまりは自分の最期を覚悟した、その時だった。

——ザシュ、と。

喩《たと》えるならば、大きな刃《やいば》がなにかを切り裂く音がした。だが痛みはない。ゆえに俺の背中が、怪物の爪に抉《えぐ》られたわけではない。──ならば。

「やっぱり、キミはボクのパートナーになるべきだと思わない？」

黒い外套《がいとう》を身に纏《まと》った少女が、紅い光を放つサーベルを横に薙《な》ぎ払う。

風に流れる長髪。そこからわずかに垣間《かいま》見《み》えた横顔は、なにを賭してでもまた見たいと願っていた少女の顔だった。

「ああ、それも悪くないな──夏凪《ヘル》」

◆三人の戦士

ベテルギウスが苦痛にあえぐ嘶《な》き声を上げ、後ろに引き退《さ》がる。それは、右の前足に大きな傷を負った痛みによるもの──ヘルの薙いだ紅い刃が、怪物の鱗を砕いたのだ。

「この剣は《原初の種》が複製した細胞を斬るのに特化していてね」

焦土と化した戦場で、サーベルの剣先を下げた彼女は振り返って言う。

濡羽色《ぬればいろ》の長髪に、炎を宿した紅い瞳。一年前に出遭った時と同じく、黒と赤を基調とした軍服のような外套を身に纏っている。

「そういえばあの時も、その剣でケルベロスを……」

一年前、ヘルと初めて遭遇した夜の出来事を思い出す。あの時、ヘルの振るったサーベルは一撃で《人造人間》《ケルベロス》の首を刎《は》ねていた。

「ボク自身の心臓も、ね」

そう自嘲するヘル。あの夜、洗脳とも言える能力をシエスタに逆に利用され、ヘルは自分自身の刃《やいば》によって心臓を失ったのだった。

「もとは同族の反乱を防ぐために、お父様がボクに託したものだったんだけれど」

ヘルは巨大な怪物の向こうで、腹に穴を開けてだらりと立ったまま意識を失っているシードを見て目を細める。

「まさか、そのお父様にこれを向けることになるとはね」

鎧《よろい》が壊れたシードの首には、未だ回復し切れていない大きな切り傷があった。一体いつ、誰があの傷をつけたのか……それは最早《もはや》、尋ねるまでもなかった。

数日前、あの廃ビルでの戦い。俺が眠っている間に、命がけで戦った少女が一人いたのだ。そして今、目の前に現れたこの軍服の少女の存在は、単に加勢が増えたという意味だけではない——俺にとってあまりある希望をもたらした。

「生きてたんだな、夏凪《なつなぎ》」

自分でそう口にして、声が震えた。いや、声だけじゃない。今にも立っていられなくなりそうなほどに足が震え、俺は思わずその場に片膝をついた。

夏凪渚《なつなぎなぎさ》は生きていた。生きてくれていた。

「安心するのはまだ早いよ」

しかし軍服の少女は剣を鞘に収めながら俺に近づき、

「ボクはあくまでもボクであって、ご主人様──夏凪渚ではない」

紅《あか》い目を細めながらそんな現実を冷静に告げる。

決して夏凪渚が今生き返ったわけではない、と。

「それに。ご主人様のことを考えるのもいいけど、今はボクを見て欲しいんだけどな」

ヘルは膝を折ると、至近距離で見つめ合うようにしながら俺の顎に指先を添えた。

「──ヘル」

そんなやり取りを近くで立って見ていた白髪の探偵が、軍服の少女に声を掛ける。

「やあ。久しぶりだね、メイタンテイさん」

そうしてシエスタと、立ちあがったヘルの二人が睨《にら》み合《あ》う。

一年前、互いに命を賭けて争った二人が今またこの場所で。

「ヘル、どうして君がここに？」

シエスタはヘルに、助太刀の意図を……いや、それだけじゃない。どんな奇跡を経て生還を果たしたのか、その経緯を尋ねる。

「お父様の号令をボクも受けてね。キミたちも心当たりがあると思うけど？」

「……！　あの耳鳴りか……」

俺は電波塔で聞こえた、低い鐘の音のようなノイズを思い出す。ミアには変わった兆候が見られず、俺とシエスタだけがあの現象に陥った理由……それはきっと、俺たち二人の身体《からだ》にシードの《種》が眠っていたからに他ならない。

「ご主人様のこの肉体は、致命傷を受けたことにより一時、休眠状態に入っていた。お父様の《種》による自己防衛反応が働いた形だ」

「植物の休眠……そうか……」

いつか読んだ本の知識が脳内を駆け巡る。休眠とは、植物を含めた生物が、自身のエネルギー消費を極力抑え、生命活動を最低限維持しようとする防衛システムのこと。たとえばクマやモグラの冬眠に知られるように、急激な環境の変化などにより自己の生命が脅かされた時、生物は一定期間眠りにつくことでそれを乗り切ろうとする。

そしてその休眠というシステムは、生存本能という名のシードの《種》を身体に宿した夏凪にもまた根付いていたのだろう。シードの攻撃によって致命傷を負った夏凪は恐らく、無意識のうちに脳幹を含む身体の大部分の機能を停止させ、エネルギーの消費を最低限に抑える形で生命の維持を図ったのだ。

「そういえば、シエスタも……」

思い返せば一年前にはシエスタも、自ら心臓の鼓動を停止させ仮死状態とすることで、カメレオンの襲撃をやり過ごしたことがあった。あれもその《休眠》のシステムを応用したものだったのだろうか。

「そうしてお父様による命令を受けて、この身体《からだ》に眠る《種》が再び覚醒を始めた」

ヘルは自身の胸に手を当てながら、そう補足をする。

俺も聞いた《原初の種》による号令は、世界中に蒔《ま》かれた《種》と共鳴した。それは夏凪《へル》も例外ではなく、体内に埋まっていた《種》は、彼女の身体を再び動かしこの戦場へと駆り立てたのだ。

――しかし。

「だけど今、君の心臓は」

シエスタが痛切な表情を浮かべてヘルの左胸を見つめる。

そうだ。たとえ《休眠》によって辛うじて生命の維持を図っていたとして、あるいは《種》による驚異的な回復力があったのだとしても、今の夏凪《ヘル》には心臓が――

「それに答えるよりまず、これをどうにかしないと」

すると、そう言ってヘルが見つめる先。そこには深手を負ったことで生存本能を脅かされ、怒りに震えている怪物がいた。ベテルギウスは涎《よだれ》を垂らしながら低い唸《うな》りを上げ、俺たち三人をその見えない目で捉える。

「その紅《あか》い弾丸を撃ち込みたいなら、まずはあの固い鱗《うろこ》を破壊する必要がある。……さて、どうしようかメイタンテイさん」

ヘルはわざとらしく、隣に立つシエスタに訊《き》く。

「やっぱりどうあっても君とは仲良くなれそうにないね」

一方シエスタもヘルには一瞥《いちべつ》もくれず、大きくため息をつく。

だが、それでも。

「だけどお願い、ヘル。私に道を切り拓《ひら》いてほしい」

シエスタはかつての敵にそう協力を申し出た。

ヘルは一瞬虚を突かれたように目を見開き……しかしすぐにいつもの表情に戻ると、

「うん、キミにお願いをされるのは実に気持ちがいい」

やはりと言うべきか満足げに口角を上げた。

「……勘違いしないで。私は君とよろしくするつもりはないから」

そう、決して二人は和解をしたわけでも、ましてや仲間になったわけでもない。

敵の敵は、同志――かつて銃と剣を交えた、白と黒の少女は共に怪物に立ち向かう。

「それで、俺はなにをすればいい？」

そろそろ俺も会話に混じっていい頃だろうと、二人の大きな背中を見ながら尋ねる。

「ん？　それは当然、キミは――」

「邪魔にならないようそこで待機」

やれ、理不尽だ。

「――ゴギャアアアアアアアアアアアアア！」

その時、痺《しび》れを切らしたベテルギウスの咆哮《ほうこう》が轟《とどろ》く。怪物は負傷した前足を引きずるようにしながらも、大きく大地を揺らしながらその巨体で突進してくる。

「まったく、散々しつけたつもりだったんだけど」

するとヘルが嘆息しサーベルに手をかけたかと思うと、一瞬でその姿を消した。そして文字通り次の瞬間には、その紅《あか》い刃《やいば》で怪物のもう片方の前足に斬撃を与えていた。

「……共闘の話はどこに」

取り残されたシエスタは不満げにぽつりと漏らす。これを機会に俺の気持ちも分かってくれれば幸いだが。

「悔しかったら、ついてくれば？」

振り返ったヘルは、シエスタを見て口角を上げる。

「……やっぱり先に君を倒そうかな」

そう言いながらもシエスタは跳ねるように疾駆し、ベテルギウスの鱗《うろこ》が欠けた箇所に銃弾を撃ち込む。

「この巨体だ、一発じゃ意味ないよ」

「君に言われなくても分かってる」

二人はそんな風に反発し合いながら、怪物との戦いに身を投じる。

端から見れば、それはまるで姉妹喧嘩《げんか》。だが同じ親から共通のＤＮＡを《種》を通して受け継いでる二人は、あるいは本当に姉妹と言えるのかもしれない。

「——共通のＤＮＡ、か」

俺はふと一年前のことを思い出す。例の孤島でのシエスタとヘルの決戦。その結末としてシエスタの心臓はヘルに奪われ、またそれは彼女の肉体に適合した。しかしその心臓は今、夏凪《なつなぎ》の計らいによって再びシエスタの左胸に戻されたわけだ。であれば、今の夏凪《ヘル》は……一体誰の心臓を左胸に宿して今こうして動いているというのか。

「——ッ、ガアアアアアアアアアアア！」

怪物のノイズのような高い叫び声が轟く。だが数多《あまた》の《触手》をかいくぐり、ヘルとシエスタは互いに争うように、ベテルギウスに修復不可能なダメージを与えていく。

「それで、ヘル。今、君はどうやって動いてるの？」

長銃を敵に構えながらも、シエスタはヘルの左胸を一瞥《いちべつ》する。そこに埋まっているはずの新しい心臓を……そのドナーの正体を見極めるように。

「ボクは。ボクたちは今、あの子の命を借りている」

「……あの子？」

すると、眉根を寄せるシエスタを置き去りに、ヘルは一人で敵の懐に潜り込む。

「——そういう、ことか」

そうして俺は一つの可能性に思い当たる。《SPES《スペース》》の実験施設で治験を受けていたことにより、夏凪と同じくシード由来のＤＮＡを獲得した……ヘルが「あの子」と評するその人物の正体に。

「これで、少しは大人しくしてくれるかな」

そしてヘルは、常人の目では追えない剣戟《けんげき》によって遂《つい》に怪物を沈め、俺の隣に戻ってきた。俺はそんな彼女の左胸を見ながら、脳裏に浮かんだ仮説を告げる。

「ヘル。お前のその左胸にあるのは、アリシアの心臓なんだな」

俺が言うと、ヘルよりも先にシエスタが目を丸くした。

一方のヘルはゆっくり瞬《まばた》くと、やがて静かな焔《ほのお》を灯《とも》した紅《あか》い瞳を開く。

「そう。ボクたちは今、彼女の鼓動によって生かされている」

「……どうして？」

シエスタの青い瞳が揺れる。

「なぜアリシアの心臓が？　あの子は六年前に……」

かつてアリシアはあの《SPES《スペース》》の実験施設で、夏凪《なつなぎ》とシエスタを庇《かば》って亡くなっているはずだった。にもかかわらず、なぜ今、夏凪《ヘル》の左胸にアリシアの心臓が宿っているのか。

「あの子もまた、元はお父様の器候補の一人だったからね。ゆえにあの時、特別な措置が取られていた」

ヘルはそうして、《SPES》の元幹部だったからこそ知り得た六年前の情報を語る。

「彼女はあの日、お父様の《種》を受け入れられず、その肉体は死を迎えた。けれど器候補であったあの子の器官は貴重なサンプル——キミの肉体がクライオニクスで生きながらえていたように、彼女の心臓だけは特別な環境下で遺《のこ》されていた」

その説明を聞いて俺は、数日前に訪れた《SPES》の実験施設を思い出す。あの場にはシエスタだけではない、アリシアの遺志もまた眠っていたのだ。

「アリシアの心臓はシードのＤＮＡを受け継いでいる。だからこそ、お前の身体《からだ》にも適合したんだな」

六年前、《SPES》の実験施設で、シエスタ、夏凪、アリシアは治験と称して投薬実験を受けさせられていた。目的は明確、いつかシードの器となった時に肉体が拒絶反応を起こさないようにするためだ。その抗体として、彼女たちの身体には《原初の種》の細胞が植え付けられていたと考えられる。

「そういうことになる。ただ、この心臓はあの子が十二歳だった当時のもの……まだ成熟しきってない以上、あまりこの身体で無理はできない」

と、ここまで大立ち回りを演じておきながらヘルは言う。

「だから、ボクも昔ほどの力を発揮できるとは言えないけれど……」

そう続いて口にしようとしたヘルが、ふと驚いたように目を丸くした。だがそれも無理はない。ヘルの視線の先では、シエスタが泣いていた。

「ごめん、アリシア」

青い瞳から一筋の涙を零《こぼ》す。

「六年前、助けてあげられなくて」

そう泣きながら、シエスタはヘルの左胸に向かって謝る。

それは彼女が《名探偵》になる前の過去。それだけはもう覆すことのできない、たった一つの後悔。あの日があったからこそ、シエスタは世界の敵と戦う旅へ出た。

「あの時の私は弱かった。君を守ることができなかった。──でも」

シエスタは流れる涙はそのままに、凜《りん》と告げる。

「今は違う。もう大切なものは奪わせない。だからまた一緒に戦ってほしい、君に」

そうして探偵は左手を差し出す。遠い記憶の仲間に向かって。

「ボクの名はヘル。コードネーム、ヘル。黄泉《よみ》の国を統べる女王として、君に伝える」

それを受けて、ヘルはシエスタを真《ま》っ直《す》ぐに見つめて言う。

「覚えていてくれて、ありがとう」

それは、アリシアが最後に残した願いの裏返し。けれどヘルは今、きっと左胸の鼓動から聞こえた声をシエスタに伝えた。

その直後、地に沈んでいた怪物が再び啼《な》いた。最後の抵抗のごとく、背中から伸びた数十本の《触手》が暴れ狂う。だが、紅《あか》い弾丸を浴びたそれらは虚空を滅茶苦茶《めちゃくちゃ》な方向に彷徨《さまよ》うだけで、俺たちの前に立つシエスタを攻撃することができない。

「六年分の物語もそろそろクライマックスみたいだね」

「ああ、ボクたち全員の手で今、終わらせよう」

そうして白と黒の少女は並び立ち、互いに銃と剣を握る。

だが、気のせいだろうか。

俺の目には、彼女たちの間にもう一人の小さな背中が見えた。

◆隣人に託す未来

一瞬たりとも気の抜けない、永遠にも感じられる命のやり取り。だが時間にすれば数分にも満たなかったその戦いは、やがて巨躯《きょく》の怪物の短い慟哭《どうこく》をもって終焉《しゅうえん》を迎えた。

「やった、のか？」

大きく肩で息をするシエスタとヘルの背中を見ながら、俺は固く握っていた拳を開く。

「……はあ、……はあ、君のペット、しつけができてなさ過ぎない？」

「……っ、……はあ、手の掛かる子の方が、可愛《かわい》いっても言うからね」

そんな軽口を叩《たた》く二人が見つめる先、例のファッションビルと今やほぼ一体化した大樹の麓で、ベテルギウスが地に沈んでいる。災厄をもたらす怪物は今、シエスタの銃撃とヘルの剣戟《けんげき》によって遂《つい》に動きを止めた。

「最後、よく敵の懐に滑り込みながら弾を当てられたものだね」

「君に手柄を取られたくはなかったから」

「相変わらず負けず嫌いな正義の味方だ」

ヘルとシエスタはそう言い合いながらも、互いに正面を向いたまま低い位置でタッチを交わす。敵同士でもなければ、やはり味方同士でもなかった。ただ今だけは共通の目的を持つ同志として、二人は共闘を成功させた。――だが。

「二人とも、気を付けろ」

俺はシエスタとヘルのもとに近づきながら忠告する。《生物兵器》ベテルギウスを倒したら一体どうなるか。それを最も理解しているのは、かつてその被害を最も受けた俺だ。

「――花粉」

シエスタが目を細め、遠く見つめる先。伏したベテルギウスの亡骸《なきがら》から、大きな花の蕾《つぼみ》が芽生え始める。一年前、ヘルとの決戦の際にあの花から吹き出す花粉を浴びた俺は、数時間分の出来事の記憶を失うことになったのだ。そうしてシエスタの死の真相や、彼女が俺に託した想《おも》いすらも忘れ、俺はぬるま湯のような一年間を過ごしたのだった。

そして今、またあの時と同じ事態が起ころうとしている。であればやはり、あの花が完全に満開を迎える前に蕾ごと刈り取らねば――

「なにかおかしい」

しかし、行動を起こそうとした俺を今度はヘルが制止した。次の瞬間、ベテルギウスの身体中《からだじゅう》に芽吹いていた幾つもの蕾が一斉に枯れ始めた。

最初それは、シエスタとヘルによって完全に征伐されたことで、ベテルギウスに花を咲かせる力が失われたからだと思った。だが、そもそもベテルギウスが何者によって作られたのか、それを考えれば自《おの》ずと答えは決まってくる。

「――シード」

大樹の下。倒れた怪物の傍《かたわ》らに、ゆらりと人型のシルエットが現れる。

すべてのクローンの生みの親、シード。

そして気付けば、奴《やつ》の腹に空いていた穴が、細胞が再生するように塞がっていく。奴の背中から伸びた数本の《触手》が、地中を伝ってベテルギウスからエネルギーを吸収していた。自らの力を《人造人間》らに分け与えることができるシードは、その反対に分け与えた力を回収することもまた可能だった。

「お父様」

ヘルがぽつりと漏らした。

風に吹かれた黒髪によって彼女の表情は見えない。

「――ナゼだ」

シードは、ノイズのかかったような声を零《こぼ》す。

「ヘル、なぜ今、貴様はそちら側に立っている？　使命はどうした？　このまま我らが《種》を絶やすつもりか？」

そうしてシードは、恐らく一年ぶりに再会した元右腕に、なんの感情も感傷も抱かぬまま冷酷に告げる――もう一度自分の下で戦え、と。

「最初からそのつもりだった、と言いたいところなんだけど」

するとヘルは、遠く離れたシードに数歩近づいてから言う。

「残念ながら、ボクではこのメイタンテイには敵《かな》わない。さっきの戦いを通して、すぐ隣で見ていて分かった。今のボクでは、彼女に致命傷の一つも与えることはできない」

自分とシエスタの力の差をそう冷静に分析しながらもヘルは口元を緩める。今の自分が手負いであることを、ヘルは誰よりも理解していた。

「お父様、ボクたちの負けだ」

ヘルはそう言って、長きにわたって繰り広げられてきた《SPES《スペース》》と《名探偵》による戦いの終結を申し出る。それは自分だけではない、今のシードもまたシエスタには勝てないと、そう判断してのことだった。

「――ならばヘル、俺の器になれ」

しかしシードが下した答えは違った。

俺も、シエスタも、そしてヘルも思わず一瞬身体《からだ》が固まった。

「それがお前の使命、生まれてきた意味だ」

……そうだ、夏凪《ヘル》もまた元はと言えばシードの器候補。今までは彼女の中に心臓《シエスタ》がいたことで、シードの侵入を防いでいた。だがこうして再び二人が切り離されている今、シードはシエスタであろうとヘルであろうと器として利用することが可能になったのだ。

「ボクがお父様の、器に……」

ヘルの紅《あか》い瞳が揺れる。彼女はこの世に生を受けてから……すなわち夏凪《なつなぎ》の中に新しい意識として誕生してから、親としてのシードの命令だけを指標に生きてきた。それはヘルにとって、絶対不変の呪縛。彼女の行動指針はすべてシードに起因してきた。

そして今、またヘルは一年越しにシードから使命を与えられた。シエスタと戦って勝てというのは理論上不可能なことであり、それを断ることはできる。しかしシードの礎になることは理屈の上では可能だ。であれば、ヘルがそのシードの命令を断ることは——

「断る」

そう答えたのはヘルではない。

虚を突かれたように振り返ったヘルの視界に映ったのは、白髪の探偵の姿だった。

「……なぜ、キミが？」

ヘルは、シエスタが自分を庇《かば》う理由を問う。

かつて敵だったはずの自分を庇うに値する事情を。

「そんなの知らないよ」

しかしシエスタは普段とは違う、どこか子どもっぽい口調で言う。

「私が嫌だから、嫌なの」

それはかつてのように、理屈で動いていたシエスタでは考えられない結論。

だけど今のシエスタは、人の感情というものを知っていた。

きっとこの一年間、誰よりも劇的な感情を持つ少女の中で生き続けていたから。

「──そうか」

それを聞いてヘルが、笑った。それは決してなにかを企《たくら》む不敵な笑みではない。憑《つ》きものが落ちたような、晴れやかな表情だった。

「ごめん、お父様。いや、シード」

そうしてヘルは《原初の種》の方を振り返ると、長年にわたって彼女の中に渦巻いていた命題に、こう新たな答えを出した。

「今のボクが選ぶのは、隣人が笑ってくれる未来だ」

ヘルが右手で握ったサーベルの切っ先が、シードへと向けられる。

それがヘルの出した結論だ。かつて何者でもない自分に苦悩し、何のために生まれてきたのかを自問自答していた彼女は今──その存在証明を他者に委ねることで答えを得た。そしてその他者とはヘルにとって、自分の目では見えない己を外側から見てくれる鏡のような存在のことだった。

シエスタが今、ヘルに代わって彼女自身の存在を敵から守ろうとしたように。夏凪《なつなぎ》が昔、ヘルが気付かぬうちに抱いていた激情という感情を教えたように。ヘルは自分の行動指針を、自分よりも自分を理解している隣人《なかま》に託したのだ。

「シード。あなたに貰《もら》ったこの剣で、あなたに引導を渡そう」

ヘルの紅《あか》い目が光るのと共にその言葉には魂が宿る。だがそれは《種》による能力とは関係ない。この物語を終結へ向かわせるヘルの誓いだった。

「――やはりか」

すると、身体《からだ》全体が枯れつつあるベテルギウスの傍《かたわ》らで、シードは静かにヘルの離反を受け入れる。もはやこの戦場にシードに与《くみ》する者はいない。しかし逆説的に言えば、まだ《原初の種》だけは今まだここに存在している。子孫を生み出すことを本能として抱くシードが、この戦場で選択する未来は――

「親が死んでは子も残せまい」

シードの、光の灯《とも》っていなかった瞳に暗紫色が宿った。

「助手、準備はできてる？」

「ああ、一年前からずっと」

これが《SPES《スペース》》と《名探偵》による最後の戦いの幕開けだった。

◆不幸な王子

子孫を残すという生存本能を守るべく、再び戦闘の意思を示したシードは《生物兵器》からのエネルギーの回収を終えたのか、やがてその肉体が大きく隆起し、太い血管が脈を打つ。また両肩からは、まるで龍《りゅう》のように巨大な《触手》が伸びていた。

「シエスタ！」

敵が臨戦態勢に入るのを見て、俺も銃を握る。最早《もはや》、足手まといだからと悠長なことを言っていられる状況ではない。

「うん、いくよ」

俺はシエスタと共に右サイドから、一方ヘルはサーベルを腰に構えながら左サイドから敵に攻め込んでいく。今はあの両肩から伸びる二本の《触手》の対処が先決だ。二手に分かれつつ、それぞれの《触手》への対応を——

「——まずは右耳、これはもう必要あるまい」

刹那、シードの右耳が弾け飛んだ。

俺たちはその光景にほんの一瞬足を止めてしまうものの、

「っ、させない」

なにかが起きることを察知したシエスタが、シードに向かって発砲する。

「すでにこの耳は役割を果たし終えた。あとはそのエネルギーを他に活《い》かす方が得策だ」

しかしシードがそう言い終えぬうちに、右肩の《触手》は巨大な銀色の剣のような形状に変化し、シエスタの撃った銃弾を弾《はじ》き飛ばす。

「だったら、これで」

激しい金属音と共に、今度はヘルの紅《あか》いサーベルが銀色の《触手》を弾いた。だが、それはあくまで弾くだけで切断まではできていない。

「……っ」

ベテルギウスの鱗《うろこ》よりも固い《触手》に、ヘルは一方的な防戦を強いられる。

「次に左眼《ひだりめ》、これも不要だ」

シードがそう言うと、紫色の瞳からふっと光が失われる。

「元より七年前にすでに本来の力は失っている」

そして今度は左肩の《触手》が十数本に分裂した。それらは意思を持ったようにシエスタに襲いかかる。

「っ、数が多すぎる」

シエスタはマスケット銃で応戦を試みるが、無数の細い《触手》は撃ち抜いても数秒後には再生を始める。ヘルと同様、防御に専念せざるを得ない状況を作られる。

「……俺だけ、か」

ヘルとシエスタが足止めをされている以上、この戦場に残るは俺一人だ。俺はカメレオンの変身能力を使って、姿を周囲の景色と同化させる。シードが元々《右耳》に宿していた能力はコウモリと同じ超聴力……それを失った今、俺の居場所はそう簡単には探れないはずだ。俺は姿を消し、敵に向かって地面を駆ける。

「あとは右眼。これも捨てよう」

シードは《触手》による攻撃を続けながらも、そうぽつりと零《こぼ》す。

すると右眼《め》に宿っていた紫色の光も消え去り。

「……っ?」

次の瞬間、足下が大きく揺らぐ。地割れ——地表に蒔《ま》かれた《種》が再び芽吹いたのか、俺は割れた地面に足を取られ、そして。

「……ッ痛《い》ッ、てえ……」

地下から伸びた細いいばらによって俺の右足は串刺しにされた。

「助手!」

シエスタが思わず俺のもとへ駆け寄ろうとしてくれるが、無数の《触手》による波状攻撃によって阻まれる。そしてヘルも俺と同じように、割れた地面に足を取られ、その状態のまま銀色の《触手》と必死に打ち合っていた。

「……聴力も視力も必要ないってか」

俺はナイフでいばらを切断すると、どうにかその場に立ち上がる。だったら。

「頼むぞ、シエスタ」

今さら俺たちの間に言葉は必要ない。シエスタとアイコンタクトだけ交わして、俺はアスファルトを蹴り上げ《触手》の一本に向かって跳《と》んだ。

「……ッ」

いばらが突き刺さっていた右足に鋭い痛みが走る。それでも関係ない。きっと夏凪渚《なつなぎなぎさ》も同じような激痛を味わいながら、たった一人で巨悪に挑んだのだ。

俺は痛みを忘れ、無数の《触手》を足場として使いながら移動を図る。シエスタが敵のもとへ誘導してくれた《触手》の道を伝って、俺は——

「ヒトの血の臭いはどこに居ようと分かる」

シードのもとへ辿《たど》り着《つ》く寸前、俺の脇腹を一本の《触手》が抉《えぐ》った。視覚を失ってもなお、シードはケルベロスのような超嗅覚によって俺の居場所を的確に捉える。そして。

「これを託した相手はお前ではない。返してもらおう」

「……ッ、カ、ハ……」

シードの細い《触手》が俺の身体《からだ》をかき混ぜ、なにかを引き抜いた。

口から赤黒い血が飛び散る。内臓が、やられた。

「カメレオンの、種……」

シードは俺の身体に埋まっていた黒い鉱物を引き抜くと、《触手》を通して自身の肉体に吸収する。そして俺はそのまま、シードのもとへ辿り着くことなく地面に倒れ込む。

「……ッ！　助手！」

シエスタの声。数多《あまた》の《触手》をくぐり抜け、彼女は俺のもとへ駆け寄ってくる。

「……ダメ、だ」

俺のピンチにシエスタが覚醒したことで《触手》をすべて撃ち払った……そんなご都合主義はあり得ない。このタイミングで敵の攻撃が手薄になったということは。

「………ぁ」

　それは俺の身体《からだ》から、爬虫類《はちゅうるい》の《種》を吸収した影響なのか――いつの間にか一本に集約されていたシードの《触手》は、まるで大蛇のような姿に変化し、背後からシエスタの首筋に噛《か》みついた。

「シエ、スタ……」

　シエスタは首から肩にかけて血を流しながら、俺の隣に倒れ込む。

「……やって、しまったみたいだね」

「だから……お前は、俺のピンチに焦りすぎなんだよ……」

　かつて俺がヘルに誘拐された時も、シエスタはやたら取り乱しながら助けに来た。普段は冷静沈着を貫いている名探偵も、いざとなるとこうだ。やれ、まったく――

「……お前、俺のこと好きすぎだろ」

「……バカか、君は」

　俺たちは共に軽口を叩《たた》くも、アスファルトの上で苦痛に顔を歪《ゆが》める。

「――やはりそうだ」

　すると霞《かす》む視界の向こうで、敵が光を失った瞳で俺たちを見下ろす。

「貴様らヒトには感情なるものが存在するがゆえに、そのように命を危機に晒《さら》す。生存本能が脅かされる」

　愚かだ、と。怒りも憐憫《れんびん》も感じさせない、ただ客観的な真実を告げるようにシードは冷酷に言い放つ。

「お前にだって、感情はあっただろ……」

俺は奥歯をかみ砕くほどに強く食いしばりながら、もう一度立ち上がろうと試みる。

「ただ、子孫を増やすうちにその感情を分け与えてしまって、忘れてるだけだ。お前だって、昔は……」

「ああ、そうだ。だからこそ《原初の種》は進化した」

「……？」

腹の痛みで意識が朦朧《もうろう》とし、理解が追いつかない俺に向かってシードは言う。

「生存本能を守るために感情は必要がない。いや、あってはならない。だからこそ、この身は進化の過程でそれを切り捨てたのだ」

……そうか、それがシードの理解。本能と感情は違う。むしろ感情はシードにとって……いや生物にとって最も重要な生存本能を脅かすものでしかない、と。だからそれを喪失したことは生物として正しい進化のあり方であると、そう考えているのだ。

そして俺は、それを覆すだけの言葉をもう持っていなかった。血を流していなければ、まだ身体が思うように動けば、あるいはなにか反論を思いついたのだろうか。……いや、頭で考えようとしている時点でダメなのか。こんな時、彼女だったらどうしたのだろう。激情をもって戦ってきた、夏凪渚《なつなぎなぎさ》だったら――

「――あなたはまだ、感情を失ってなんかいない」

その空気を裂くような声に、膝をついた俺の身体はそれでも後ろを振り向く。そこには、俺の思い描いていた人物とまったく同じ姿の少女が、紅《あか》い剣を両手で地面に突き立てながら立っていた。

「まだ、たった一つだけ、あなたにも残っている感情がある」

全身に切り傷を負い、それでも軍服の少女は凛《りん》として世界の敵の前に立ち塞がる。その傍《かたわ》らには、遂《つい》に折れた銀色の《触手》が落ちていた。

「一体なにを言っている？」

シードは、すでに光を失った目でヘルを見つめる。それに対してヘルは唇を噛《か》みしめるようにして、俺もまだ知らなかったあの日の出来事を語る。

「あなたはあの日、夏凪渚《なつなぎなぎさ》に一太刀を浴びた時にこう言った。お前もか、ヘル――と」

それはつまり、と言って。ヘルは、恐らくあの日夏凪も振るったサーベルの柄《つか》をぎゅっと握りしめて、シードにこんな推理を告げた。

「あなたはボクの反逆に驚き、そして、悲しんだんだ」

ヘルがそう告げた瞬間、地面から生えていた植物が一斉に枯れ始めた。

シードの光を失っているはずの瞳は、それでも丸く見開かれているように見えた。

「あなたとボクの関係は、ただ命令を下す側とそれを受け入れる側。それ以上でも以下でもなかった」

　ヘルはそう静かに、自分とシードが数年間築いてきた関係性を語る。たとえば俺とシエスタが恋人でもなければ友達でもなく、奇妙なビジネスパートナーだったように。

「あなたにとってボクは都合の良い駒だった。《聖典》の本当の正体も知らされず、あなたの器にされようとしていることさえ知らなかった」

　……そうだ、一年前に出遭った時のヘルは、ただひたすらにシードを盲信していた。そうしなければ、なにかを楔《くさび》にしなければ、夏凪に宿る別人格という曖昧な自己が存在する意義を見出《みいだ》せなかったから。

　だがその後夏凪がシエスタの心臓を宿したことで、無意識下のヘルはシエスタの持っている記憶を共有し、自分がずっとシードに利用されていたことに気付いたのだ。

「腹は立った、裏切られたとも感じた。だからボクはメイタンテイによって夏凪渚の中に封印されたあとも大きく抵抗はしなかったし、ようやく外に出られた今もこうしてあなたに刃《やいば》を向けているのかもしれない」

　けれど、とヘルは一度構えたサーベルを下ろした。

「あなたもボクと同じだったんだと気付いた。ボクがこの世にとどまる楔としてあなたからの信頼を得ようとしたのと同じだ。あなたもまた本当は、ただ誰かに隣にいてほしかったんだ」

　それはきっと、この惑星で生き残るために人類に近づきすぎたがゆえの《原初の種》の誤算。生存本能とは反発し合うはずの感情までをシードは図らずも獲得してしまった。しかしシードはその後《人造人間》を生み出す内に、力と感情を失っていった。

元々持っていたはずのものが欠けていく喪失感は、最初から持っていなかった時よりも遥《はる》かに大きい。それはたとえば、俺がシエスタの死の真相の記憶を失っていたように。シエスタが、アリシアや夏凪《なつなぎ》と出会っていた過去を忘れていたように。そして夏凪が、ずっと自分が何者なのかを見失っていたように。

だからきっとシードも俺たちと同じだった。子を生み出すたびに感情を失い、いつの間にか開いていた心の穴に誰よりも戸惑っていたのはシード自身だった。

「お父様」

ヘルはシードを再びそう呼ぶ。

そして武器を手放し、一歩一歩近づくと泣きはらした目で叫んだ。

「あなたが信頼を置いてくれていたボクが、あなたに代わって言う──お父様、あなたは決して怪物なんかじゃない！　人間になりたかったあなたが怪物であるはずがない！　瞳を失って、力を失って、命を削って、そうまでして子を守ろうとしていたあなたのその感情の名前は──」

その時、シードの右肩から伸びた、銀色の欠けた《触手》がヘルの左肩を突き刺した。

「──ッ！」

ヘルは苦悶《くもん》の表情を浮かべるも、落としていたサーベルを拾い上げてそれを打ち払う。

「お父、様……」

「ダメ。あれはもう、シードではない」

するとシエスタが、負傷した首筋を押さえながら声を絞り出す。

「シードの意識は、もう乗っ取られてる」

あの《ウロボロス》に。

シエスタはそう言って、シードの左肩から伸びる《蛇》を見上げる。

「ミギミミ、ヒダリメ、ミギメ、アトハ、オマエ自身ノ意識ダ」

低いノイズのような声で、シードの左肩に生えた大蛇が喋っていた。それはシードにわずかに残っていた意識や感情を排除し、まるで今や身体《からだ》の自由をあの蛇が司《つかさど》っているように。《ウロボロス》とは恐らく、シードに根付いた生存本能そのものの名だった。

「――血ガ。血ガ足リナイ」

そして首をだらりと下に向けたシードに代わって、《ウロボロス》の金色の眼《め》が俺たちにギョロリと向く。

「助手……」

「シエスタ……」

いまだ立ち上がれない俺とシエスタは互いに手を伸ばす。

「……っ、く」

そんな俺たちを庇《かば》うように立ちはだかったヘルを目掛けて、《ウロボロス》の巨大な毒牙が迫り——血しぶきが上がったのを霞《かす》む目で捉えたところで、俺の意識は途絶えた。

◇幸福なツバメの物語

深い、深い、光の中にいた。

それは顔を背けても、目を瞑《つぶ》っても、瞼《まぶた》の裏に突き刺さるようなあまりに目映《まばゆ》い光。

かつて、ボクはとある少女の別人格という、吹けば飛ぶようなあやふやな存在として生まれた。その少女——ご主人様は幼い頃から身体《からだ》が弱く、それに伴う治療の苦痛から逃れるように、ボクという存在を己の内側に生み出したのだ。

ボクはそんなご主人様の苦痛をこの身に半分引き受けながら、膝を抱えて一人きりの世界に閉じこもっていた。けれどボクがなによりも耐えがたかったのは、ご主人様が生み出す「光」だった。

あの夏の太陽のように眩《まぶ》しい笑顔。ボクが彼女の痛みを半分背負っているからこそああして笑えているにもかかわらず、そんなことも露知らず楽しげに仲間たちと語り合うご主人様が、憎くて憎くて仕方がなかった。

——だけどそんなある日、表裏一体だったボクたちの立場が遂《つい》に入れ替わる時が来た。

『お前の名はヘル。コードネーム——ヘル』

そうしてボクが目覚めて初めて聞いた世界の声は、そんな《原初の種《シード》》の言葉だった。

ボクの名はヘル。

コードネーム——ヘル。

彼に名を呼ばれ、何者でもなかったボクがその存在を認められたその時、光の中に闇が差し込んだ気がした。けれどボクにとっては、その闇の冷たさこそがなによりも心地よかった。

『お前には使命がある。同胞を守るために、世界を壊せ』

シードはそう言って、ボクに一冊の本を手渡した。

『世界を壊すことがボクの役目？』

『世界を壊すことは我々の手段だ』

それでも首を傾《かし》げるボクに向かってシードは……お父様はこう告げた。

『お前の役目はただ一つ、なにがあっても生き残ることだ』

今にして思えば、それはお父様の計画を実現するための仮初めの言葉に過ぎなかったのかもしれない。いつかボクを器として使うための、体のいい方便。

けれどその時、ボクの身には確かにある感情が宿った。この世界で生き続けていたいと思える楔《くさび》ができた。だからボクは、後に《聖典》という名の預言書であることを知らされるその一冊の本に従って、世界を壊し始めた。

『これが正義でないことは知っている』

ボクは自分に言い聞かせながら、お父様から託された紅《あか》い宝剣をそれでも振るった。

これでいいと、そう思った。あの目も眩《くら》むような光の中で、たった一滴垂らされた黒い雫《しずく》の染みに縋《すが》って、縋って——そうすることでこの存在が世界に、お父様に認めてもらえるのなら。そのボクに課せられた使命が《世界の敵》であるのなら、そのためだけに生きようと思った。

ただ一つ誤算があったとすれば、それはなによりも嫌っていたはずのあの光を……憎んでいたはずのご主人様のことを、いつの間にか大切に思ってしまっていたこと。そしてその迷いと弱さこそが今この戦場を生み出していると思うと、己の情けなさに苦笑が漏れた。

「——いや。いつの間にか、じゃない」

最初からだ。ボクとナギサの関係は表裏一体、鏡映し。

嫉妬は、愛情の裏返しだった。

「マダ、生キテイルカ」

膝をついたボクを、《ウロボロス》の金色の眼《め》が遠く見下ろす。

あれこそがお父様の生存本能が具現化した姿。であればあの首を落とさない限り、ボクの……外の世界の言葉はお父様に届かないのだろうか。

「立チアガル？　マダ血ヲ寄越シテクレルノカ」

蛇が宙でとぐろを巻き、赤い舌をちらつかせる。お父様のＤＮＡが宿るボクの血を吸収して、さらなる力を得ようとしているのだろう。

「勘違いしてもらったら困るな」

ボクはサーベルを地面に突き刺し、それを支えにしながら起き上がる。

なぜまだこうして立ち向かえるのか、立ち上がれるのか。どうやらあの蛇はその理由を知らないらしいけれど。まあ、記憶も感情も持たないただの本能であるのならば、それも仕方ない。

でも、あの人は確かに言ったんだ。

「ボクは、お父様に必ず生き残れと命じられている」

悪いけれど、そういう約束だ。

ボクはお父様から託された紅い剣を構え、大樹の下に君臨する敵に向かって疾駆する。

「安心してほしいんだ、お父様。もうこんなことをしなくても、あなたが最初に抱いていた生存本能はちゃんと満たされている」

地表から襲いかかってくるいばらを握った剣で切り裂きながら、意識を失ったまま立ち尽くすお父様のもとへ走り寄る。

すでに《原初の種》を覆っていた鎧《よろい》はほとんど砕け、身体《からだ》には亀裂が入っている。最早《もはや》その目は見えておらず、片方残った耳も聞こえているかは分からない。意識も感情もすべてを喪失し、もうあとはただ枯れ果てるのを待つだけのようなその人に、それでもボクは叫ぶ。

「あなたが残したかったものは、確かにこの星で生きている！　サファイアの眼《まなこ》、ルビーの剣、鉛の心臓――そのどれもがこの世界で！」


お父様がこの星に残したのは《人造人間》だけじゃない。

人の心すら見通すサファイアの眼。

激情という焔《ほのお》を灯《とも》したルビー色の剣。

死してなお砕けることのない鉛の心臓。

それら全部が、本当はお父様の守りたいもののはずだった。

「――ソノコトバヲ聞キ入レル為ノ耳ハ、スデニ失ワレタ」

その時《ウロボロス》の尾が、風を裂きながらボクに向かって射出された。

蛇は確かにニヤリと嗤《わら》い、けれど次の瞬間その金色の瞳は驚いたように見開かれた。

ボクの心臓を狙ったその攻撃は、左胸に到達する寸前でぴたりと止まっている。

なぜその刃《やいば》がボクに届かないのか、一体誰がその攻撃を止めているのか、そんなことは説明するまでもない。

「あなたが拘《こだわ》り続けた生存本能は、子を守り通した愛情として、確かな遺産となってこの星に残り続ける！　その遺志だけは決して死なない！」

それがきっと、《原初の種》が最初に抱いていた生存本能の本質。
もうお父様自身もとうの昔に失ってしまった、感情の名前だった。

「……ッ！　余計ナ、真似《まね》ヲ……！」

《ウロボロス》は自身の宿り主を一瞬睨《にら》むと、あと数メートルというところまで来ていたボクを、今度こそ巨大な毒牙をもって迎え撃った。そうしてサーベルの刃で敵の牙と撃ち合い、結果ボクの身体《からだ》は大きく後ろに投げ出された。

「……少し、無茶《むちゃ》をしすぎたかな」

うち捨てられたコンクリートから立ち上がろうとしたその瞬間、身体に力が入らず思わず膝をついてしまう。まだこの身体にアリシアの心臓が定着してからあまり時間が経《た》っていない。そもそもほんの数日前には、一度は死を迎えたはずの肉体だ。本来であれば、今こうして立ち上がれているだけで奇跡なのだろう。

「——ハ、ハハ」

すると再び蛇が嗤う。お父様から吸い上げた、僅かに残った感情を蝕《むしば》むように。

「生命ノ理《ことわり》ニ叛《はん》スル者ニハ、再ビ生キル権利モ、生存本能トイウ名ノコノ身ニ逆ラウ資格モナイ」

そうして《ウロボロス》は大きく咆哮《ほうこう》すると、その毒牙を浴びせようと襲撃を仕掛け、ボクの身体《からだ》はまたしても大きく投げ出された。

「悪い、ヘル。寝てたら遅くなった」

ただ今度は、メイタンテイの助手の少年によって。

「さすがはボクのパートナー。助けに来てくれたんだ」

ボクはあえてそう嘘《うそ》くさく笑いながら、彼の手を借りて起き上がる。

そして聞こえる銃声。同じく昼寝から目覚めたらしいメイタンテイが、《ウロボロス》相手に長銃を構えて立ち回っていた。

「まったく、キミたちも無事じゃないだろうに」

額から、そして腹部から血を流した少年を前に、思わずため息をつく。

「ああ。あの約束、守れなかったからな」

そう言って彼は唇を噛《か》む。

──約束。それは数日前、あの実験施設で夏凪渚《なつなぎなぎさ》を背負いながら交わした誓いのことだろう。ご主人様を泣かせるような真似《まね》をしたら──倍殺し。

だから今ボクを通してご主人様を守ってくれようとしているのだろうか。だとすれば。

「あの約束は未来永劫《みらいえいごう》、有効だよ。だからこれからもご主人様の隣にいてあげて」

ボクはそう彼に伝えると、紅《あか》い剣を再び右手に握りしめ、敵に目を向けた。

「――行くのか」

　すると少年は、これからボクがなにをやろうとしているのか察したのか、そんな一言で一瞬ボクをその場に押しとどめた。

「うん。だからキミも、パートナーのもとへ行くといい。きっと助太刀が必要だよ」

「……ああ。けど、お前は……」

　驚いたことに、彼の瞳が潤んでいた。

　まさか、敵であるボクに同情の念を抱いたとでもいうのだろうか。だとしたら、少しだけ笑ってしまうような、いややっぱり笑えないような。その優柔不断さが今後足を引っ張らないといいけれど……でもその辺りは、彼の相棒にしっかりと教育してもらえばいいはずだ。そう思ってボクは改めて《原初の種》のもとへ向かおうとして、もう一度だけ少年の方を振り向いた。

「生まれてきて、よかったと思っている」

　ボクがそう言うと、彼は驚いたように一瞬目を見開き、その直後柔らかく微笑《ほほえ》んだ。

　なぜ今これを彼に伝えたいと思ったのだろう。

　不思議に思いながらもボクの心は凪《な》いでいた。

「ご主人様のことは頼んだよ、君塚君彦《きみづかきみひこ》」

最後に彼の名を呼んで、ボクは風と共に走った。

その最中、白い髪を揺らして銃を構える少女の青い瞳と目が合った。

もう一年も過去となったあの日。

ボクは目の前に立ちはだかる二人組の敵に、なぜそうも互いを信頼し合えるのか、その理由を問うた。けれどその時のボクは最後まで彼らの関係を理解することができず、そのままご主人様の身体《からだ》に封印されることになった。だけど今なら分かる、いや……彼らもあの時言っていた。

「あれは、絆《きずな》だったんだ」

ボクは目の前に迫っていた《ウロボロス》の尻尾を、紅く光る宝剣で無意識に切断しながらそう独りごちた。そうしてボクは最後に、メイタンテイともう一度だけ無言で視線を交わし合い、地面を強く蹴った。

「ボクと彼女はこれでいい」

これもまた、一つの絆の形なのかもしれない——というのはさすがに綺麗《きれい》に話をまとめすぎているかもしれないな、と思い自分で苦笑する。

けれど少なくともご主人様とは……夏凪渚《なつなぎなぎさ》とは、最後に絆を築けた。あとはそれをお父様にも教えてあげること、それがボクの果たすべき最後の使命だ。

「この足は止まらない」

最後にボクは《言霊》の力を使って、自分自身にそう命令を下す。

　すると握った剣も、それに呼応して燃え盛るように紅《あか》く光った。

　身体に残っている《種》のすべての力、そしてボク自身の意識さえもこの紅い剣に込め、《原初の種》そのものを破壊する。そうすればきっとあの《ウロボロス》も息絶える。ボクはもう止まることのない足を走らせ、《原初の種》のもとへ向かう。

　お父様がいるのは、巨木が貫いていたあのファッションビルの麓。今やその大樹はさらに肥大化し、全長五十メートルの建物をほぼ完全に呑《の》み込んでいた。

「すべての罪の責任は、ボクが引き受ける」

　この世界に与えた傷は決して元には戻らない。

　あらゆる罪と、流した血と、命の重みを背負って戦場を走る。

　全身に巡る細胞──その一つ一つに刻まれた《種》の力とボクの意識。それらはやがてこの掌《てのひら》に集約され、ルビー色の剣へと伝わった。

「これが愛であったと、ボクは信じる」

　そして。

「ヘル……ッ！」

　君塚君彦《きみづかきみひこ》の叫びを背に受けながら、ボクの紅い剣は《原初の種》の腹部を貫いた。

「あああああああああああああああああ！」

　この感情がなんなのか。

　怒りでも悲しみでもない。

ただ、それでも叫ばずにはいられなくて。

ボクは全身の骨が砕けるような力を両手で握った剣に込め、目の前に聳《そび》え立っていた大樹にそのままシードを突き刺した。

「――ッ、ハ」

顔を上げればすぐそこにあるはずのお父様の口から、小さな呻《うめ》きが漏れる。

またそれと時を同じくして、背後で怪物の断末魔の声が聞こえた。

最後の敵は今、こうして朽ち果てた。

「――へ、ル？」

ふと、懐かしい声が聞こえた気がした。

六年前、ボクに名を与えてくれた時の、あの声が。

「はい。コードネーム――ヘルはここにいます」

だからボクもあの日と同じように返事をして、あの日とは違う答えを出す。

「お父様、還《かえ》りましょう。ボクらがいるべき世界へ」

そうして見上げた彼の口元は、ボクの気のせいだろうか。

少し、ほんの少しだけ笑っているように見えた。

「――ああ、少し、疲れたな」

そんな、お父様のまるで普通の人間のような言葉を最後に聞いて。

ボクは彼の胸元に倒れ込みながら、ゆっくり、ゆっくり、瞼《まぶた》を閉じた。

【第二章】

◆エピローグとプロローグ

『そう。世界の危機はこれで一つ去ったのね』

電話口で少女がほっとしたように息を漏らす。

「ああ。あれから一週間経《た》ったが、シードの封印が解ける気配はないそうだ」

とある小さな病院にいる俺は、その廊下で壁に背中を預ける。

──一週間前、植物に支配された都市を舞台に俺たちは《世界の危機》に挑んだ。俺とシエスタと、そしてヘルによる《原初の種《シード》》との戦い。最終的に俺たちは勝利を収めたものの、その代償は大きかった。

夏凪渚《なつなぎなぎさ》に宿ったもう一人の人格、ヘル。彼女は、自身の肉体に残ったすべての《種》の力と自らの意識までをも紅《あか》い刃《やいば》に注ぎ込み、シードと共に大樹へと封印された。今なおその大樹はあの都市で、俺たち人類を見下ろすように聳《そび》え立っている。

『お疲れ様、君彦《きみひこ》』

電話口の彼女は俺にねぎらいの声を掛ける。

『あなたたちは、私にも見通すことのできなかった未来のルートを選択し、そして見事に世界の危機を救った。《調律者》の一人としてお礼を言う』

ありがとう、と。

電話の向こうで頭を下げているのが九千キロ離れていても分かった。

「……俺は、なにも」

確かに今、一つの《世界の危機》は去った。けれどそれは俺の力でなし得たことではない。シエスタや夏凪、多くの同志による献身。そして最後、シードを眠りに就かせるに至らしめたのは、ヘル――彼女による主人譲りの激情だった。

ヘルは、幸せな最後を迎えられたのだろうか。大樹を見ながらそんなことを考える。死者はなにも語らない。であれば、生きている者はその沈黙に敬意を払うべきで、彼らの代弁をすることはあってはならない。

それでも、と俺は思う。思ってしまう。愛という楔《くさび》を求め続けたヘルが、最後に感情を知った……いや思い出したシードと共に、あの大きな宿り木で安らかに眠っていてほしいと、そう願わずにはいられなかった。

「お前の方こそ大変だったな、ミア」

俺は切り替えるようにミアにそう伝える。

巫女《みこ》――ミア・ウィットロック。《世界の危機》を予言する役目を背負った《調律者》の一人である彼女も、長年にわたってシエスタに協力する形でシードと戦ってきた。その因縁はもしかすると俺よりも深く、けれど今それがようやく晴れたのだ。そうしてミアは再びロンドンのあの時計塔へと戻っていた。

『お互い様ね。それで、怪我《けが》の具合は？』

「ああ、こうしてお喋《しゃべ》りできるぐらいには回復した」

とは言え、あの戦いでシードの《触手》は俺の脇腹をえぐっていた。本当であれば今頃まだ生死の縁を彷徨《さまよ》っていてもおかしくなかったが……やはり以前《種》を飲んだ影響が残っているのか、驚異的な回復力により傷はもうほとんど塞がっていた。図らずもシードの手により《種》は取り除かれたわけだが、その影響は良くも悪くもこれから先、多少残るのかもしれない。だがそれよりも、今は。

「どちらかと言えば、シエスタの方が重傷でな」

シエスタは戦場で《ウロボロス》に首筋を噛《か》まれ、大きな傷を負った。そうしてこの病院に搬送され……今日になってようやく面会が許されるほどに回復したのだった。シエスタも並の人間よりは回復力も強いはずなのだが、それだけ深い傷だったのだろう。

『じゃあ、あなたが会いに行ったら治るんじゃない？』

愛の力で、と。ミアはそうおどけた口調で言う。

「それも予言か？」

『女の勘』

……ああそうかよ。俺は「またな」と一言残して電話を切った。

そうして俺はシエスタが眠っている病室まで辿《たど》り着《つ》き、扉の前で深呼吸をする。

一年ぶりに再会したかつての相棒。あの時は状況が状況だっただけに、落ち着いて話すこともできなかった。とは言え、落ち着いたところでなにを話すのか、なにを伝えるべきなのか。考えがまとまらぬまま、それでも俺は扉を開けた。

「よお、調子はどうだ？」

それなりの広さの個室。

院内着に身を包んだ名探偵は、上半身を起こした状態で窓際のベッドにいた。

「君の方が早く治るとは、私も焼きが回ったかな」

シエスタが俺の方を振り返る。白銀色の髪の毛を朝陽《あさひ》に照らしながら、口元は冗談めかして微笑《ほほえ》んでいた。無事にと言っていいかは分からないが、少なくとも軽口を叩《たた》けるぐらいには回復したらしい。

「ん、シャルも来てたんだな」

そして俺は、ベッド近くの椅子に腰掛けたブロンド髪のエージェントを見つけた。シエスタの見舞いに来ているのだろうが、シャル自身もまだ身体中《からだじゅう》に包帯を巻いている。

「……？　どうした、シャル」

しかしシャルはさっきから無言のままで、ちらちらとシエスタを覗《のぞ》き見たり、手元に視線を落としたりとなんだか忙《せわ》しない。シエスタにあれだけ懐いていたシャルのことだ。久々の再会に喜び、抱きついていてもおかしくないはずだが。

「うん、実は私も最初そう予想していたんだけど」

するとシエスタは俺の疑問を読み取ったようで、シャルに代わってこう解説する。

「いざ久しぶりに私に会ってみたら、急に恥ずかしくなってどう接したらいいか分からなくなったらしい」

「マ、マーム！　言わないでください！」

シャルは相変わらず膝に視線を落としたまま、顔を林檎《りんご》のように赤らめる。

「シャル、お前はどこの恋する乙女だ」

「う、うるさいわね。仕方ないでしょ……」

そしてその不調は重症らしく、俺への噛《か》みつき方もどこか力ない。

「……だって、まさかこんな奇跡が起こるなんて。……ううん、勿論《もちろん》それを信じて、これからやるべきことを果たしていくつもりだった。でも、実際にこうしてそれが叶《かな》うとなると、どうしていいか……」

シャルは小さく声を溢《こぼ》しながら拳を握った。

「──おいで」

そんな愛弟子《まなでし》の姿を観《み》て、シエスタは優しく声を掛ける。シャルの肩がわずかに跳ね、それからゆっくりと視線を上げた。

「悲しい思いをさせて、ごめん」

シエスタはいつか俺にも謝ったようにシャルにそう言うと、そっと彼女の頭を撫《な》でた。

「……う、……マーム、マーム……！」

そうしてシャルは大きく目を見開くと、やがてすぐにその瞳に涙を浮かべ、まるで子ど

ものように泣きながらシエスタに抱きついた。

「やれ。最初から素直になればいいものを」

俺はひとしきりその光景を眺めた後、苦笑を漏らしつつ窓際の花瓶の花を入れ替える。

「……その台詞《せりふ》、キミヅカにだけは言われたくないのだけれど？」

が、俺の独り言を耳聡《みみざと》く聞きつけたシャルは、シエスタの腕の中からひょっこり顔を出して睨《にら》んでくる。

「相変わらずだね、君たちは。もう少し仲良くできないの？」

「ワタシとキミヅカが仲良くなる未来は永遠に来ません！」

するとシャルは、今度はシエスタの太ももに頭を載せ、俺に対して悪態をつく。

「少しは相互理解が深まってきたと思ってたんだが」

「頭では分かってても生理的に無理なことってあるでしょ？」

「シエスタ、悪い。一年前となにも変わってなかったらしい」

今回の一件で仲良くなれないなら一生無理だなとため息をつきながら、俺はベッド近くの丸椅子に座った。

「ふふ」

が、意外にもシエスタは口元を緩めると、膝枕をしたシャルの頭を撫《な》でながら言う。

「いいね。久しぶりに君たちの喧嘩《けんか》芸を見られた」

「『芸じゃない』です！」

俺とシャルの声が重なり、互いに睨み合う。

そんな泥仕合を演じていると。

「わたし抜きで勝手に楽しい会を開かないでほしいです！」

ピンクと白の髪の毛のメッシュ、そして左眼《ひだりめ》の眼帯が特徴のアイドル——斎川唯《さいかわゆい》が病室に入ってきた。

「ユイ！」

起き上がったシャルがホッとしたような顔になる。

だがそうやって斎川を見つめる視線の位置は普段よりも低い。

「よお、もう大丈夫なのか？」

「ええ、ばっちり！　とまではいきませんが、元気です！」

車椅子に乗った斎川はピースを向ける。下半身に怪我《けが》を負っているわけではないものの、まだ歩き回るほどの体力は回復しきっていないらしい。そんな斎川の車椅子を押しているのは、かつてのメイドｖｅｒ《シエスタ》こと——ノーチェス。この一週間、ずっと俺たちの面倒を見てくれていた。

「相変わらずメイド服が板についてるな」

「そう言う君彦《きみひこ》の目の付け所こそ相変わらずですね」

なるほど、褒められてはいないということだけは分かる。

と、俺とノーチェスがそんな会話をしている一方で。

「こうして直接顔を合わせるのは初めてだね、斎川唯《さいかわゆい》」

ベッドの上でシエスタが斎川に柔らかく微笑《ほほえ》みかける。

「はじめまして、シエスタさん。世界一さいかわなアイドル、斎川唯です！」

斎川も車椅子に乗りながら、精いっぱいのアピールを繰り出す。シエスタは一方的に斎川のことを認知し、影で守ろうと働いていたもののこうして二人が会うのは初めてだ。

「色々とわたしの知らないところでもご迷惑をお掛けしていたんですよね。すみません」

斎川は先ほどまでの笑顔に薄く影を落とすと、シエスタに頭を下げる。斎川の両親はかつて《SPES》《スペース》の活動の資金源になっていたという事情があった。

「唯、君が謝ることじゃないよ」

するとシエスタは手を差し伸べ、斎川の頭を撫《な》でる。

「それに私がいない間、助手のそばにいてくれてありがとう」

「シエスタさん……」

そうして二人は見つめ合い……。

「ええ、それはそれは君塚《きみづか》さんのお世話は大変でしたよ。マッサージをしてあげたり料理を作ってあげたり……ああ見えて君塚さんはとても甘えんぼさんなので、時々ぎゅっとしてあげたりしないといけなくて……」

「捏造《ねつぞう》はやめろ」

「いたっ！」

俺は斎川の頭に手刀を入れる。涙目になりながら「捏造じゃないのに……」と呟《つぶや》いているがちょっとよく分からない。シエスタがジト目を俺に向け、なにやら四文字の片仮名を呟いた気がするが、偶然外で工事の音が鳴っていたせいでよく聞こえなかった。

「でも、そっか」

ふとシエスタが目尻を下げて俺を見つめる。

「これが、今の君の仲間なんだ」

病室にはシエスタの他にも斎川がいて、シャルがいて、ノーチェスがいて。ついでに言えばさっきまで電話をしていたミアと、あとは赤髪の女刑事なんかも仲間と言えるのだろうか。

数年前に比べて確かに仲間は増えた、大切なものができた。今の俺はそう心から思える……はずだった。けれど、この場にはまだ一人足りない。だからシエスタのその言葉に俺は首を横に振った。

「もう一人、仲間外れにされたら誰よりも怒るやつがいてな」

俺がそう言うと、斎川やシャルが顔を俯《うつむ》かせる。

その少女の名は、夏凪渚《なつなぎなぎさ》。

アリシアの心臓の移植は成功し、《原初の種》の号令により《休眠》からも一度は目覚めた。そしてシードとのあの最終決戦において、ヘルが自分の意識を永久に封印したことで、彼女の肉体には代わって、夏凪の人格が目覚めてもおかしくないはずだった。

しかしあれから一週間。怪我《けが》の治療を一通り終えてもなお彼女は目を覚まさず、今もまだ別の病室で一人眠り続けている。

「もちろん忘れてないよ」

忘れるはずがない、とシエスタは目を瞑《つぶ》ったまま言う。

しかし、やがてその目を開けると、

「だから助手、仲間を助けに旅に出よう」

そう言って俺に向かって左手を差し出した。

「けど、どうやって？」

果たして俺たちにできることはあるのか。

逡巡《しゆんじゆん》していると、シエスタは。

「私たちにはまだ、改めて会って話さなくちゃならない人がいる」

……ああ、そうだった。それは俺たちの現状に大きく関わっておきながら、これまで表舞台には登場してこなかった人物。この一週間、実は俺も何度もコンタクトを図ろうとはしていたのだが、彼は俺の前に決して姿を見せなかった。

だがシエスタがそう言うということは、対面する準備が整ったのだろう。今こそ、俺たちはそいつと話し合わなければならないことが沢山ある。

「それじゃあ、準備ができたら会いに行こうか」

まだ病床にあるシエスタは、それでも身体《からだ》を起こしたまま俺に向かって言う。

「私たちの命を救った——闇医者に」

◆生きている者を守る者

それから、俺はシエスタを車椅子に乗せてある病室へ向かった。大人数で押し寄せるのも憚《はばか》られたため、俺たち二人が代表する形だ。

そうして小さな病院の古ぼけた廊下を進み、目的の病室の扉を開けるとそこには——一台のベッドの上に、一人の少女が眠っている姿があった。

「夏凪《なつなぎ》……」

俺はシエスタの車椅子を押しながら、その少女——夏凪渚《なぎさ》のもとに近づく。

この一週間、何度も俺はここに足を運んでいたが、夏凪のかつてのような笑顔を見ることはいまだ叶《かな》っていない。

「確かに、渚が目覚める条件は整っているようには思える」

シエスタは車椅子に座ったまま、ベッドに横たわる夏凪を見つめて、今彼女が置かれている状況を分析する。

「あとは私たち素人では感知できない部分。たとえば、やはり深刻なダメージが身体の内部には蓄積されていただとか。《休眠》によって奇跡的に脳死状態を克服していたとして、それでも大脳への負担は避けられず、いわゆる植物状態に陥っているだとか」

「ああ、俺が思いつくのもそんなところだ。この一週間医学書は読み漁《あさ》ったが、所詮素人の付け焼き刃じゃ大した仮説も出てこなかった。それに、夏凪《なつなぎ》のような特殊なケースじゃ過去の事例はあてにならない」

だからこそ俺たちには今、その専門家が必要だ。一度は夏凪の命を救った、そして再び彼女の目を覚まさせる手段を知っているかもしれない、医学のエキスパートが。

「――人の心配をする以前に、君たちも重傷であることは自覚してもらいたいが」

そして背中越しに、男の声が投げかけられる。振り向くと……だがその男は俺に視線を配ることはなく、まっすぐ夏凪のもとに近づく。

「経過は良好。僕がいない間も、特に問題はなかったようだ」

白衣を着た男は平坦《へいたん》な声で呟《つぶや》くと、夏凪の腕に繋《つな》がれている点滴に調整を加えた。

「世話になったな」

俺がそう言うと、男はようやくベッドを挟んだこちら側を振り向いた。

年齢は三十代半ばぐらいだろうか。特徴的なのは鮮やかな金髪、またそれに反するようにくすんだ色の瞳が丸い眼鏡の奥に覗《のぞ》く。そして一目で分かる聡明《そうめい》な顔立ちは、白衣を身に纏《まと》っていることもあり、医者としてだけでなく賢明な研究者のようにも見えた。

「それはこの少女のことか？　それとも君自身のことか。確かに僕は数え切れないほどの患者の世話を焼いた、心当たりがあまりに多い」

するとそんな男は軽口めいたことを、しかし淡々と顔色を変えずに言う。やはりと言うべきか、ジョークを飛ばすようなタイプの人間ではないらしい。

「その両方。いや、シエスタや斎川《さいかわ》、それからシャルも……全員、あんたには世話になった。礼を言う」

それも今回だけのことではない。俺自身に関して言えば、前回のシードとの戦いで負傷しここに運ばれた時もこの医者の治療を受けていた。またその直後、俺が夏凪の容態について尋ねていたあの院長こそがこの男だった。

聞いた話によればこの病院は、いわゆる普通の患者を受け入れてはおらず、俺たちのような特殊な事情を抱えた人間を治療するための施設らしい。過去三年間の旅で、そういった闇医者には俺もシエスタも何度も助けられてきた。

「いいや、礼はいらない。それが僕の仕事であり、この世界で果たすべき役割だ」

……さっきから微妙に会話が噛《か》み合わない。まるで一言一句、解釈の余地が存在することを許さないような。行間を読むことも、読ませることすら拒否しているかのごとく。

「まだ名乗っていなかったか」

そうして男は空気もタイミングも読まず、相変わらずの無表情で俺たちに告げる。

「僕の名はスティーブン・ブルーフィールド――《発明家》だ」

――発明家。そう言われて最初に思い浮かぶのは世界の発明王トーマス・エジソン。あるいは時代を遡れば、エレキテルを発明した日本の平賀源内《ひらがげんない》も挙げられるだろうか。だが恐らく男が今話題にしているのは、そういった普通の発明家ではない。

「《調律者》だよ」

ここまで傍観していたシエスタが、そう割って入った。

「私の《七つ道具》の製作にも携わり、そして私の肉体を冷凍保存によって仮死状態に保たせ、人工知能を搭載したノーチェスをも生み出した――闇医者《はつめいか》」

……やはりそうか。約二週間前、《SPES《スペース》》のアジトで俺はすれ違いになって会えなかったが、あの施設を拠点にしていた正体不明の医者こそが、このスティーブンという男。世界を守る十二人の《調律者》のうちが一人《発明家》だった。

「久しぶりだね、スティーブン」

車椅子に座ったシエスタは、対面のスティーブンを見上げる。

世界を守る《調律者》同士、俺の知らぬところで深い面識があったらしい。

「ああ。こうして実際に動き喋《しゃべ》っている君を見ると、一年にわたった治療《じっけん》は成功していたことが目に見えて分かる」

するとスティーブンは、長きにわたって手を尽くしてきた患者を見つめて目を細めた。

それに対して、シエスタは。

「私はあなたと渚《なぎさ》のおかげで命を救われた。だけど、スティーブン。あなたが人の命を救うことを使命だと考えているのなら、お願い。今度は渚のことを救ってあげてほしい」

自分が夏凪《なつなぎ》から受けた恩を返すために、再びスティーブンに助けを乞うた。夏凪渚の目を覚まさせる手段を知り得るのはこの男しかいないと信じて。

「白昼夢」

スティーブンは立ったままカルテを記入しながら、シエスタをその通り名で呼んだ。

「それは医者としての僕をあまりに過小評価している」

その物言いに、どことなく違和感を抱く。

過大評価、ではないのか。

つまりは「自分にそこまでの力はない」と謙遜しているわけではない。

「僕は常に患者を――依頼人を救うべく全力を尽くす、心血を注ぐ、持てる知識と技術はすべて費やす。それでもなお対象者が目を覚まさなかった時、僕は決して自分を悔いはしない。それは、出来ることはすでにやり尽くしたという自負があるからだ」

決してその声色に怒りや不満が浮かんでいる様子はない。

ただ厳然たる事実を語るスティーブンに、俺とシエスタは耳を傾ける。

「ゆえに今、僕が患者に対してまだできることがあるとすれば、それはすなわち過去の僕が手を抜いていたという証左になる。だがそれは僕の《調律者》としての、医師としての誇りをかけて否定させてもらう」

そんなスティーブンの主張を聞いて、あの日風靡《ふうび》さんが「夏凪渚《なつなぎなぎさ》は死んだ」と俺に告げた事情も理解できた。それはひとえに彼女の《発明家》に対する信頼ゆえだったのだろう。風靡さんはきっと、《発明家》スティーブン・ブルーフィールドの哲学を知っている。ゆえにスティーブンが治療を施した上でその結果が「脳死」という診断であれば、もはや残された手はないということを、彼女は理解していたのだ。

「……だから、あの時も」

今になって思えば、数週間前に俺がシエスタを生き返らせるという誓いを立てた時。風靡さんはそのヒントになる可能性として、《巫女《みこ》》ミア・ウィットロックという存在を俺に伝えた。だが普通に考えれば、当時シエスタの治療にも関わっていた《発明家》スティーブンを紹介する方が自然な流れに思える。

しかし風靡さんがそうしなかったのはやはり、《発明家》が既に手を尽くした以上、彼にできることはもうないことを理解していたから。だが、それでも奇跡を信じる俺にどうにか提示できる存在こそが、あの時は《巫女》だけだったのだろう。

「ゆえに僕がこれから新たに、夏凪渚に対して施せることはなにもない」

スティーブンは「今の処置が最後だ」とにべもなく言い残すと、白衣を翻し颯爽《さっそう》と病室から出て行く。この一週間もスティーブンは不在だったが、そうしてまた別のどこかに……特殊な事情を抱える患者のもとに行くのかもしれない。

「待って」

するとシエスタは自分で車椅子を動かしてスティーブンのあとを追う。俺もそれに続いて廊下に出ると、シエスタの呼びかけに《発明家》は背を向けたまま立ち止まっていた。

「あなたの哲学なら、私も知ってる」

そしてシエスタはスティーブンの背中越しに語りかける。

「あなたが抱える哲学はもう一つ。それは100%不可能な手術には決して挑まないということ。逆説的に言えば、あなたが関わっている以上その患者は必ず助かる見込みがある」

それが《発明家》スティーブンの、もう一つの信念。ゆえに夏凪渚が目を覚ます可能性も、今なお1%だろうと存在しているはずだとシエスタは主張していた。

「渚は脳死状態と診断され、事前に表明していた意思に従って私に心臓を提供した。だけど、あなたはそこで終わらなかった」

ああ、そうだ。スティーブンはそれからアリシアの心臓をさらに夏凪に移植した。通常、脳死であると判断された患者は決して回復しないはず。それでもなおスティーブンがその二回目の移植手術に挑んだのは、やはり1%の可能性を見出《みいだ》したからに他ならない。

「あの日」

スティーブンが背を向けたまま口を開く。

「確かに僕は、脳死状態であった夏凪渚から君に心臓を移植した。そして、そこまでが僕の医師としての仕事だった」

「僕はその後、発明家の仕事をすることにしたんだ」

けれど、と言ってスティーブンが振り返る。

俺たちに向けられた青い瞳は、不気味に笑っているように見えた。

「僕は再現性のない奇跡が嫌いだ」

だがスティーブンの表情はすぐに、元の冷ややかでありながら聡明《そうめい》な顔に戻った。

「普通の人間が生き返ることはない、そんなことは理解している。しかし君たちの身体《からだ》が普通ではないこともまた、僕は嫌というほど理解していた」

スティーブンはそう言いながらシエスタを、あるいはその左胸を見つめる。

「そして僕は君たちをそう至らしめている《原初の種》に興味があった」

「……だからあの《SPES》《スペース》の実験施設をずっと拠点にしていたのか」

それは二週間ほど前に夏凪《なつなぎ》とそこを訪れた時にノーチェスが言っていたこと。スティーブンはあの場所で《原初の種》の調査をしながら、シエスタの治療も続けていた。

「そうだ。事実、一年前に死を迎えた白昼夢も、クライオニクスによって肉体の保存に成功したが……それは僕の手によってのみ成功した事例ではない。君もまた死の直後、無意識のうちに《休眠》により生命維持を図っていた」

スティーブンはシエスタを一瞥《いちべつ》しながら、彼女が蘇生《そせい》した理由についてそう補足する。

「そうして僕は先日、夏凪渚《なぎさ》の手術を行っている時にはたと気付いた。《原初の種》の唯一の完全適合者であった夏凪渚であれば、《休眠》によって意図的に自分の身を仮死状態に置くことすらできたのではないか、と」

それが、死んでいるはずの夏凪に、もう一度スティーブンが手を差し伸べようとしたきっかけだった。

「ゆえに夏凪渚から白昼夢へ心臓を移植した後、僕はさらにアリシアという少女の心臓を夏凪渚に移植した。万が一、夏凪渚の心臓の損傷が激しく移植が行えなかった場合を危惧し、あの施設から予備の心臓を持ってきていたことが功を奏した」

「だから、アリシアの心臓がここに……」

シエスタが車椅子の上でぽつりと漏らす。

夏凪、シエスタ、アリシアは六年前に受けていた投薬実験により、シード由来のＤＮＡを宿している。だからこそ三人の心臓はそれぞれ互換性を持ち、手術によって適合した。

「二つの手術は共に、移植自体は問題なく成功した。が、白昼夢も夏凪渚も、どちらもすぐに目を覚ますことはなかった。特に夏凪渚に関しては、僕が一度下した脳死という診断を覆すような生体反応は見られず、限界は近づいているようだった」

あの日君が病室に来たのはちょうどその時だった、とスティーブンは言う。およそ十日前、段々と冷たくなっていく夏凪の手を取った光景が脳裏に蘇《よみがえ》る。

「ゆえに僕は脳死という診断を覆さなかったし、むしろその結果は当然だとも思った。死者がそう簡単に生き返ることができる世界なら、医師という職業は必要なくなる」

……ああ、そうだな。現代の医学で当てはめれば、あの時確かに夏凪《なつなぎ》は死んでいた。だがスティーブンは恐らくそれから三日後、自身の見解を覆した。一週間前のあの日、シエスタは目覚め、遅れて夏凪《ヘル》も息を吹き返した。シエスタは元々自分のものだった心臓が三日かけて定着し、夏凪はシードの号令によって仮死状態《きゅうみん》から目覚めたのだ。

「僕は奇跡という浅はかな言葉が嫌いだ」

　スティーブンは再度同じことを言った。

「なぜ奇跡は毎回起きない？　——不条理だ。ゆえに僕は再現性があるものしか信じない。その点、二人もの人間を死地から蘇《よみがえ》らせた《原初の種》は、再現性が可能な賢者の石とでも呼ぶべきだろう」

「だったら、もう一度夏凪を目覚めさせる奇跡だって……」

　そう自分で言いながら、すぐに矛盾に気付いた。

　すでに《原初の種》は失われている。それに——

「今、夏凪渚《なぎさ》の身体《からだ》に《種》は一欠片《ひとかけら》も残っていない。僕はすでに、普通の人間に対してできる手は尽くした」

　やがて議論は最初に巻き戻る。医者としても、発明家としても、スティーブンはすでに役割を果たし終えていた。そうして彼はまた、この世界のどこかにいる特殊な事情を抱えた患者を救いにいくのだ。いまだ目を覚まさない夏凪を置いて。

「アリシアの、命を使ったんだ……！」

絞り出した自分の声が廊下に響き渡った。

アリシアの心臓を、命を使った。

そこまでして二度と夏凪が目覚めないなんて、そんなことがあっていいはずがない。

「助手」

シエスタが俺の袖口をそっと摘《つ》まむ。握った拳の掌《てのひら》には、無意識のうちに鋭く爪が食い込んでいた。そう、俺の頭によぎったのはもう一つの問題。

……分かっている。スティーブンは医者として、夏凪を助けるためにアリシアの心臓を使った。ただ、当然ながらそこにアリシアの意思は介在していない。それが本当に正しいことだったのか、俺には――

「僕の仕事は死者の代弁をすることではない」

スティーブンの声が廊下に響き、俺は顔を上げた。

「死者の言葉はすでに失われている。であれば僕が果たすべき使命は、今この目の前にある命を救うこと、科学で人を助くこと。それ以外にあろうはずがない」

分かっている。死者はなにも語らない。それを俺たちが「彼は、彼女はこう思っていたはずだ」などと推測し、あまつさえ願うのは、生者による傲慢な振る舞いだ。

だけどかつて、そんな矛盾を綺麗事《きれいごと》で切り裂いたアイドルもいた。綺麗なドレスで着飾って、歌で迷いを説き伏せた。それが正しいのかどうか、俺には分からない。

――けれど。死者がなにも語らないということは、前提条件となる問いもまた存在しない。だったら、最初から正解なんていうものも存在しないのかもしれなかった。


「改めて言っておこう、君塚君彦《きみづかきみひこ》」

スティーブンは、名乗っていなかったはずの俺の名を呼ぶ。

「僕は二人を生かすためなら一人を殺す。三人ともは救わない。常に全体の、最大幸福を考える。数がすべて。救われる人数が多いことこそ正義。死者の遺志に思いを馳《は》せている時間は、生者を救い続ける僕にはない」

次の患者が待っている、と。スティーブンはそう言い残して去って行く。それに対して俺は……アリシアと夏凪《なつなぎ》、二人の笑顔が浮かび、なにも言い返すことができなかった。

「戻ろう」

シエスタがもう一度、俺の袖口を小さく引っ張った。俺はそれに無言で頷《うなず》き、開けっぱなしだった夏凪の病室に戻った。

「悪い、夏凪。変な話を聞かせた」

それから俺は眠ったままの夏凪に語りかけた。そして彼女の手を取ろうとして……けれど、なんとなく憚《はばか》られてやめてしまった。夏凪の目を覚ます方法も見出《みいだ》せていない今、その手を取る資格は俺にはないような気がした。

「……ん？ なんだ、これ」

ふと、近くの棚に古びた本のようなものが置かれていることに気付いた。最初にスティーブンが立っていた近くだ。

「……！ それは」

青い瞳を揺らすシエスタに、俺はその本を手渡す。

そしてシエスタが中を開くと……それは子どもが書いた絵日記のようだった。絵の中では、黒髪の少女がベッドの上に座っており、その周りで白髪の少女と桃色の髪の毛を持つ少女が談笑し合う様子が描かれていた。

「アリシアの日記だ」

シエスタはそう零《こぼ》すと、大事そうにその日記を胸の中で抱き締めた。

「……答えなら、もう出てたよな」

アリシアの日記と、シエスタの横顔を見て思い出す。

一度は、夏凪の身体《からだ》はアリシアの心臓によって目覚めた。俺の目にはあの時、三人の幼い少女が並び立つ姿が見えた。であれば、それが答えだ。自分勝手な願望なのだとしても、それでも俺はあの光景を信じようと思った。ヘルが残した、あの言葉を。

「早く起きてこい、夏凪」

俺はベッドで眠る彼女に声を掛ける。

そうしてまた、いつもみたいにくだらない口喧嘩《くちげんか》でもしよう。

◆世界を占う旅路へと

それから三日が経《た》った。その間、俺とシエスタは斎川《さいかわ》らも交えて、引き続き夏凪《なつなぎ》の目を覚まさせる方法について話し合い、知恵を出し合った。

主治医であるスティーブンはすでに手を引いている。そして彼は「もう自分にできることはなにも残っていない」というようなことを言っていたが、しかしそれは「スティーブン以外の人間にもできることは残っていない」という意味ではないはずだった。

それを踏まえてシエスタは《発明家》に代わるある専門家の名を挙げ、俺たち二人は早速その人物がいる場に向かうことになった……のだが。

「ねえ、お菓子頼んでいい?」

その道中。シエスタが、機内食のメニュー表を見ながら隣の俺に訊《き》いてくる。

まさか退院した翌日に空の旅へ連れ出されるとは思わなかったな……。

「高いからダメだ。だから売店で買っとけって言ったろ?」

「電車のトラブルで時間ギリギリだったんだから仕方ないじゃない? 主に君のせいで」

シエスタのしらっとした目が向く。悪いが、俺と一緒に行動をするということは予期せぬトラブルに巻き込まれることとセットだ。忘れたのか?

「それにしても」

と、シエスタが切り替えるように俺を見つめてくる。

「久しぶりだね。こうして二人で飛行機に乗るのも」

俺たちが今いるのは地上遥《はる》か一万メートルの空の上。四年前のあの日も、俺はこんな風にしてシエスタと出会ったのだ。

「ああ、あれから何度お前と飛行機に乗ったやら」

「信じられないぐらいマイル貯《た》まったよね」

俺たちはあの三年間を思い出し、ふっと笑う。

今日の目的地は――ニューヨーク。俺たちはある人物に会うため、またとある会議へ出席するため、一年ぶりに目も眩《くら》むような世界への旅へ出ていた。

「けど、本当に怪我《けが》は大丈夫なのか？」

改めて俺はシエスタの具合を尋ねる。俺よりも重傷だったはずのシエスタだが、歩けるようになるや否や入院生活を切り上げ、今こうして飛行機に乗っていた。

「うん、少し急ぎたいからね」

「ああ。夏凪についても、例の会議についてもな」

そうして俺はシエスタに、今回の旅の目的の一つを尋ねる。

「で？　結局その連邦会議ってのは、具体的にはどういうものなんだ？」

――連邦会議。それはシエスタが俺に同行するように促した、全世界の《調律者》たちが一同に集う会議のこと。アトランダムな場所で随時開催されるというそれは、今回はニューヨークで執り行われるらしく、《名探偵》として《調律者》の一人に名を連ねるシエスタも参加が義務付けられているらしい。

「簡単に言えば、世界に大きな転換点が訪れた時に十二人の《調律者》が集まって話し合う場っていう感じなんだけれど」

シエスタは細長いチョコ菓子を齧《かじ》りながら言う。いつ買ったんだ。

「新たな《世界の危機》に対して誰がその対処をするのかを決めたり、今回で言えば《原初の種》という危機が去ったことに関する事後報告も兼ねているかな」

「なるほど、《名探偵》による結果発表の場ということか」

どうやら、今回の連邦会議ではある意味俺たちが主役になるらしい。……しかし、この時代に対面での会合とは随分とアナログな気もするが。

「緊張してる？」

「武者震いだ」

「本当に震えてるんだ」

そんな世界の未来を決める重要な話し合いに、突然放り込まれることになった身にもなってくれ。

「まあでも身内も多いから。ほら、あの人とか」

「ああ、風靡《ふうび》さんか。どこでお前と繋《つな》がったんだと思ったら、まさかだったたな」

四年前のハイジャック事件——あの時シエスタは、コウモリを風靡さんに引き渡していた。世界を裏から守る同志として彼女たちは、俺も知らぬ間に繋がっていたのだ。

「ということはミアも来るのか？」

「どうだろうね。少なくとも今までは一度も参加したことはないけど」

まあ確かに、あの出不精の少女がそんな張り詰めた会議に出席してる姿は想像しにくいな。そういえば風靡さんも一度も《巫女《みこ》》には会ったことがないと言っていたか。

「けど、ミアみたいに不参加でも許されるんだな」

世界のあり方を占う会議ということなら相当厳格なイメージがあるが。

「私以外の《調律者》はみんな一癖も二癖もあるというか、調和が取れるタイプの人間が少ないからね」

「まるで自分だけは変わり者じゃないみたいな言い方だな」

俺が言うとシエスタは素知らぬ顔で紅茶を啜《すす》る。当たり前のようにマイティーカップを持ち込むな。

「けど私たちが会いに行くのは、その中でも最も厄介と言える人物だからね」

……ああ。俺たちがニューヨークに向かうのには、つまり連邦会議に参加するのには、もう一つの理由がある。

「吸血鬼——スカーレット」

俺が呟《つぶや》くと、シエスタは小さく頷《うなず》いた。

「君も、もう知ってるんだよね？」

「……あまり好んで会いたいわけではないが」

曰《いわ》く、《調律者》の中でも異端な存在——《吸血鬼》。俺自身、スカーレットのなにかを見定めるような鋭いあの目つきには、底知れない雰囲気を感じた。そしてあいつはなにやらシエスタとも因縁があるようなことを仄《ほの》めかしていたが……。

「なにか嫌なことでもあったみたいだね。いじわるでもされた？」

「……なんとなくいけ好かないだけだ。それより、本当にスカーレットが夏凪《なつなぎ》の目を覚まさせる手段を知っていると？」

そう。あの吸血鬼こそ、シエスタの挙げた、夏凪の目を覚まさせるために必要なキーパーソン。それを期待して俺たちは、スカーレットを含めた《調律者》たちの集まる連邦会議へと向かっていた。

「あくまでもその可能性がある、ぐらいだけどね。ただ、あれでも彼は生死の専門家だから、人間の意識というものについて一家言持ってるんだよ」

「……なる、ほど？」

生前の最も強い本能だけを宿して死者を生き返らせる術《すべ》を持っている吸血鬼。人間の生死、そして意識や魂といったものに関する見識は確かにあるのだろうが……。

「けど、吸血鬼なんていうファンタジーな存在に頼れるものなのか？」

「バカか、君は」

「理不尽だ」

この流れも久しぶりだな。

「なにも吸血鬼は、伝承に聞く空想めいた存在でもなければ、どこかで自然発生したわけでもないよ」

シエスタは再び紅茶を啜《すす》りながら言う。

「物事にはそれが起きた理由がある。原因が存在する。それらに目を瞑《つぶ》って、『まさか』だとか『偶然』だとかいう便利な言葉に頼ってはいけない」

そうどこかで聞いたようなことを語るシエスタの横顔は、やはり今一番会いたい誰かの横顔に似ている気がした。

「そもそも彼ら吸血鬼のルーツは……」

そうしてシエスタは、さらに吸血鬼にまつわる話を続けようとして。

「あ、そういえば今日の占い見た？　おうし座、最下位だったよ」

「いや話題逸《そ》らすの下手かよ」

しかも余計な情報だけもたらすな。今日一日なんとなく憂鬱になるだろ。

「頼むから意味もなく大事な情報を隠すな。最初から俺にも色んな事情を説明しろ」

「だって、なにも知らない君があたふたするのを見るの、楽しいんだもん」

「最悪な理由だった」

◆二人の探偵、十二の正義

それから約十二時間のフライトを終えて俺とシエスタは無事ニューヨークへ辿《たど》り着《つ》いた。ホテルに荷物を置き、休む間もなく連邦会議が行われるという場所へと向かう。

「送迎付きとはVIP待遇だな」

黒塗りの車の後部座席で俺は隣のシエスタに話しかける。ホテルから出た俺たちを待ち受けていたこの車。なんの迷いもなくシエスタが乗り込んだのを見る限り、このまま俺たちを目的地へと送り届けてくれるらしい。

「今はVIP待遇でも、数時間後には私たちは生きてないかもしれないよ」

するとシエスタはそんな物騒なことを口走る。

「《名探偵》が主役って話じゃなかったか？」

「《原初の種》討伐に関しては、当初の予定よりも随分時間が掛かったからね。……それに、元々《巫女》《みこ》が示していた未来からもズレが生じてしまった」

「……そうか。本来あるべきだったルートを大きく変えた俺たちは、その責任を問われる可能性がある、と」

元々《聖典》に記されていた《原初の種》《シード》にまつわる未来は、シエスタがヘルに敗れ、ヘルがシードの器になるという結末だった。それを食い止めるためにシエスタは、《巻き込まれ体質》を持つ俺を助手に任命し、事実それによって未来は徐々に変わり始めた。

ただそうして変化したルートこそが、シエスタとヘルが相打ちになることでシードが器候補を失い、ヘルの主人格である夏凪《なつなぎ》だけが存命するという、俺たちが一年前に経験したあの過去だった。

シエスタの目論見《もくろみ》ではそうして生き残った俺、夏凪、斎川《さいかわ》、シャルによってシードが倒されるはずだった。しかし俺はその結末もまた拒絶し、シエスタを生き返らせることを誓い、そして現在――夏凪がその身を犠牲にシエスタを生き返らせ、最終的に辛くも《原初の種》を封印することができたわけだ。

……そう考えると、随分と無謀なことをした。《調律者》の立場である風靡《ふうび》さんには怒られ、同じくミアには泣かれるのも致し方なかったなと、改めてそう思わされる。俺は自分の願いのために、世界の安定を崩した。そして未来を歪《ゆが》め、その結果、夏凪が――

「相変わらず、君は分かりやすいね」

するとシエスタが小さくため息を漏らす。

「――大丈夫。渚《なぎさ》は必ず目を覚ますよ」

しかし次の瞬間には柔らかく微笑《ほほえ》むと、シエスタは。

「もしかしたら渚は今、自分の役目はすべて果たし終えたと思い込んで長い眠りに就いているのかもしれない。けど、そんなのは違うって君も分かってるでしょ？　夏凪渚は探偵代行なんかじゃない。誰かの代わりじゃない。君の、唯一無二のパートナーだよ」

言葉に込めた想《おも》いを形で伝えるように、俺の手を一度ギュッと握り締めると、それから少し間を置いてから手を離した。

「……そうか。そうだな」

記憶を失い、生き方を忘れ、何者でもない自分に苦悩していた夏凪渚《なつなぎなぎさ》。だが今、彼女はすべての過去を受け入れ、走り方を知って、自分が誰なのかをようやく知ったばかりだ。

なのにこれからずっと眠ったままなんて、そんなことはたとえ夏凪自身が許しても俺は許さない。俺とヘル、二人分で倍殺しだ。

「けど、一つだけ訂正がある」

俺は首をきょとんとかしげるシエスタを見つめ、しかし正面を向き直してから言う。

「シエスタ、お前だって俺のパートナーだ」

シエスタは、夏凪渚こそが俺にとって唯一無二のパートナーだと言った。

けれどシエスタだって、俺にとっては。

「――そっか」

するとシエスタも俺と同じように前を向き、視線を交わすことなく言う。

「もうすぐ着くよ、助手」

それ以上の言葉を彼女は語らない。けれど、彼女が俺をその役職で呼んでくれる限り、俺たちの関係は言うまでもなく不変だった。

それから間もなくして目的地に着いたのか、車はゆっくりと停車した。後部座席のドアが開き、シエスタが降りるのに続いて俺も車外に出る。

「ここか……」

広い庭園の先に、立派な宮殿のようなものが建っている。ここが、連邦会議が行われる会場というわけだ。

「こんな人目につきそうな建物で極秘会談をやっていいのか？」

「大丈夫、民間人がこの建物に気づくことはないから」

シエスタはそう言うと、スタスタと迷うことなく宮殿に向かって歩き出す。

「結界でも張ってあるってか……？」

俺もシエスタの三歩後ろを歩きながら、宮殿の広い玄関に足を踏み入れた。

「《調律者》は全部で十二人……今のところ俺が知ってるのは半分ってところか」

俺は長い階段を上りながら、現状知っている限りの《調律者》を指折り数えてみる。

《名探偵》シエスタ、《暗殺者》加瀬風靡《かせふうび》、《吸血鬼》スカーレット、《巫女》《みこ》ミア・ウィットロック。それにこの前会ったばかりの《発明家》スティーブン・ブルーフィールドと、そして存在だけは知っているのが――かつてミアの《聖典》を盗み出した罪により、今はどこか地下深くに幽閉されているという《怪盗》だ。

「君にも関わりがあった《調律者》なら他にもいるよ」

するとシエスタが一瞬振り返りながらそんなことを言う。

「どういうことだ？　実は斎川《さいかわ》が《アイドル》っていう《調律者》だったってオチか？」

「唯《ゆい》しか知り合いが思いつかないあたり、君の交友関係の乏しさが目に見えるようだね」

余計なお世話だ、シャルもいる。

「まあ君は知らないうちに関わっているという感じかな」

このあとすぐ会えるよ、とシエスタはそれ以上の説明はこの場では省こうとする。

「それよりも今は、注意しておくべき他のメンバーを何人か伝えておこうかな」

「ああ、心構えをしておけるに越したことはない」

かつての三年間の旅路で心臓に悪すぎるサプライズを散々受けてきた身としては、それはありがたい提案だった。

「うん。特に危険な存在としては《魔術師》と《執行人》だね」

階段を上り終え、赤い絨毯《じゅうたん》が敷かれた長廊下を歩きながらシエスタは続ける。

「《魔術師》は、滅多《めった》に森から出てこない魔女のような老婆なんだけど……かつてある秘術を使って一つの村を壊滅させたと言われていてね。けれどその力を認められて、《調律者》に任命されたらしい」

「昔、罪を犯していても正義の味方にはなれるのか？」

恐らくその秘術とやらが、世界を守る役に立つと判断されたのだろうが。

「難しい問題だね……でも。同じ罪という観点で言えば、《執行人》はまず間違いなく《調律者》の中で最も人を殺している」

「また一段と穏やかじゃなくなったな。《調律者》は世界を守る側の存在なんだろ？」

風靡《ふうび》さんやスカーレットもそうだが、やはり彼らはただの正義の味方と言い切れない連中ばかりらしい。

「それは正義をどう捉えるかの違いかな。事実、《執行人》に課せられていた仕事は、表の世界で裁けない犯罪者の処刑だった」

「……必要悪っていうやつか」

この世界には法律では裁き切れない事案というのが確かに存在する。その後処理を裏側から行うのがダークヒーロー《執行人》である、と——

「うん。そうして彼は一本の大鎌だけを背負って、影に潜む犯罪者を刈り尽くしていた。純粋な戦闘の腕で言えば、《暗殺者》や《吸血鬼》にさえ劣らないだろうね」

「《魔術師》に《執行人》か。できれば余計なことに巻き込まれたくは……っと」

危ない、これ以上の発言はフラグになってしまう。

俺が慌てて自分の口を塞いでいると、やがて一際大きな扉の前に差し掛かった。

「いい、助手？」

そしてシエスタがちらりと俺を一瞥《いちべつ》する。

「ここから先、今までの常識が通じるとは思わないで」

ああ。今の話と、それからこれまで出会った《調律者》の連中を思い出せば分かるさ。

俺たちは頷《うなず》き合い、そうしてシエスタは両手で扉を開く——と、その大部屋に広がっていた光景は。

「だからリルが言いたいのは、どうして《名探偵》にだけそんな我が儘《わがまま》が許されているのかってことよ」

「あ？　それはつまり《名探偵》が羨ましくて、自分も我が儘放題させてくれと駄々《だだ》をこねてるのか？」

　長机に飛び乗った一人の少女が黒いステッキを構え……椅子に深く座り煙草《たばこ》を吹かしている赤髪の女刑事、加瀬風靡《かせふうび》と互いに睨《にら》み合《あ》っていた。

　机の上の少女は、《魔術師》にしては聞いていたよりかなり若く、また握った武器は《執行人》の大鎌とも違う。それではこの到底穏やかとは言えない少女の正体は一体──

「一体誰なんだろうね、あの子」

　シエスタがきょとんと首をかしげる。

　お前も知らないのかよ。

　じゃあやはり彼女は《魔術師》でも《執行人》でもない？

「──ここは神聖な場だ。武器を下げなさい」

　その時、ふいに内臓が浮くような冷たさが身体《からだ》を襲った。まるで誰かの手が、直接胃の底をかき回しているような。

俺とシエスタ、さらには揉《も》めていた二人もその声の主に視線を向ける。すると部屋の奥、上座に腰掛けていた壮年の男が一切の瞬《まばた》きをせずに言う。

「今日の主役の登場だ。さあ、会議を始めよう」

それを聞いてテーブルの上にいた少女は、最後に一度風靡さんを睨んでから、ようやく自分の椅子へと戻った。

「助手、行くよ」

俺たちを除き、長机に並んだ正義の味方は全部で六人。

世界の未来を決める会議が、今始まる。

◆そうして世界は回っていた

「《名探偵》シエスタ、到着が送れました」

シエスタはそう詫《わ》びると、長机に並ぶ面々に対して頭を下げた。

「君も」

促されるまま、俺はシエスタに倣う。というか遅刻だったのかよ。

俺たちは手近にあった椅子に並んで腰掛ける。

ずらりと並んだ《調律者》の面々、見知った顔もあれば、当然まるで知らない人物もいる。だが俺たちが当てにしていた吸血鬼の姿は残念ながら見つけられなかった。

「お初にお目に掛かるわね——名探偵」

　すると先ほどのステッキの少女が、言葉遣いは丁寧に……それでも声のトーンや目つきには明らかに敵意を込めて、正面に座ったシエスタを睨《にら》んだ。アニメのコスチュームのような派手な衣装に身を包み、しかしその表情は冷たく険しい。

「何度も《連邦憲章》のルールをはみ出して、特例を許されて、挙げ句の果てにはあの世からも蘇《よみがえ》るなんて……どれだけ世界から愛されたら気が済むわけ？」

　その幸運、リルにも分けて欲しいわねと。

　自分をリルと呼称する少女は、再び右手のステッキを無抵抗のシエスタに向けた。俺はそのスピードについていくことができず思わず身体《からだ》が固まる。

「やめろ」

　だがこの場にいるのは、その身を挺《てい》して世界を守ってきた猛者ばかりだ。一般人の俺がついていけずとも、たとえば赤髪の《暗殺者》は今こうして少女に銃を突きつけていた。

「武器を下ろせと忠言されたばかりじゃなかったか？　——リローデッド」

「連邦憲章を破った人間は通例だと死罪なんでしょ？　なにか問題ある？」

「仮にそうだとしてもだ。その手を下すのはリローデッド、お前ではない」

　そうして風靡《ふうび》さんと、リローデッドと呼ばれた少女は再び噛《か》みつき合う。

「——フウビ。君もだよ」

　すると例の上座に腰掛けていたスーツ姿の男が、風靡さんに銃を仕舞《しま》うよう窘《たしな》めた。どうやら彼はこのメンツの中でも特に強い発言権を持っているらしい。その指示に渋々従うように、風靡さんとリローデッドは武器を収めた。

しかしこの男、どこかで見た顔のような気もする。オールバックの茶髪に、深いグリーンの瞳。着こなした高級スーツはまるでどこかの政治家のようで……。

「……そうか。あんた、フリッツ・スチュワートか」

俺が言うと、男は氷の仮面を解いて表の顔で微笑《ほほえ》んだ。

「改めて、初めまして。ニューヨークで市長をやっている、フリッツだ」

ああ、やっぱりその顔はテレビ画面の向こうで見たままだ。

フリッツ・スチュワート――俺がかつてシエスタと共にこの国で過ごしていた頃から、政治家として頭角を現していた人物。温厚な人柄と確かな実績で支持を集め、今もニューヨーク市長として表舞台に立ち続けている。

「まさか、あんたみたいな人間も《調律者》に混じっているとはな」

「ああ、こっちの世界では《革命家》としての任を授かっている」

革命家……それはつまり、《調律者》の役職ということか。

「具体的なことはあまり言えないが、この世界を裏側からほんの少し傾けることが《革命家》に与えられた使命。いつの時代もマツリゴトというのは案外、子ども遊びのシーソーのような均衡によって成り立つものでね」

平和のために世界の均衡を保ち、時に崩す。傾国の美女ではないものの、《革命家》フリッツ・スチュワートは一つの町には収まらず、世界中の政治に、あるいは経済に裏側から干渉しているのだろう。世界の危機とはなにも、宇宙人や異世界人だけを指すものではない。国を指揮する人間によって、世界はすぐにでも滅びるのだ。

「フリッツ、あんたが《調律者》のリーダーなのか？」

俺は今までのフリッツの振る舞いを踏まえてそう尋ねた。

「いやいや、私はあくまでも今回に限って司会役を背負っているだけだよ」

それに対してフリッツは、この会議について知識のない俺に説明を施す。

「だが、そうか。だとすると君は、我々《調律者》がミゾエフ連邦直下の組織だということも知らされていなかったかな？」

「……ああ。うちのビジネスパートナーは、こっちから訊《き》かない限りは答えないし、訊《き》いたところで答えない仕様だからな」

俺が隣を一瞥《いちべつ》すると、やはりと言うべきかシエスタは我関せずと、いつの間にか広げたティーセットで一人優雅に紅茶を飲んでいた。

「だがまあ、なんとなく予想していたことではある。仮にどこかの国が主導して《調律者》を組織しているとして、アメリカにロシア、中国……他にそう選択肢もないからな」

現存するユーラシア、アフリカ、北アメリカ、南アメリカ、オーストラリア、そしてミゾエフの六大陸。かつて《虚空暦録《アカシックレコード》》を巡って大陸間で繰り広げられた第三次世界大戦が、しかし各国にそれほど大きな戦禍をもたらさなかったのも、最終的にはミゾエフ連邦による《死者なき支配《サイレント・ルール》》の成果だったと聞く。

「とは言え、ミゾエフ以外の他国の要人も何名か加えた《連邦政府》の任を受けて、我々は《調律者》として活動している。そしてその中でも今は《革命家》が、会議における司会役に任命されているわけだ」

そしてフリッツは俺の最初の質問に対して、そう締めくくる。政治家としての表の仕事で慣れているのだろう、フリッツの司会役は適任に思えた。

「しかし、君はこの《連邦会議》に参加するのも初めてなわけだ」

と、フリッツが改めて俺に目を向ける。

「無論ここにいる誰もが君のことを知っているが、逆はそうとも限らない。では本題に入る前に、メンバーの紹介でもしようか」

……さらっと怖いことを言ったな。どうして俺なんかが《調律者》全員に知られている、なぜそう皆して俺を見つめてくる。

「部外者の俺のために時間を割いていいのか？」

「むしろ君と《名探偵》は今日の主役だからね」

俺の問いに対してフリッツは「それに」と続ける。

「《調律者》は皆、事前に許諾を得た一名に限り、自身の代理もしくは補佐として連邦会議へ出席させることが認められている。彼女のように、ね」

そしてフリッツの視線が、俺のはす向かいの席に向く。

「そういえば俺とあんたは似た立場なんだな、オリビア」

巫女《みこ》の使い――オリビア。今日は客室乗務員としてではなく、《調律者》である主人の補佐役として代理出席しているようだった。

「ええ。ですが、ちなみに巫女様もここにおられます」

オリビアがノートパソコンを開き、俺の方に向けると――そこには。

「……なにをやってる」

ミア、とその名を出そうとして、しかし彼女のプライバシー保護のため口を噤《つぐ》む。けれど画面の中には、明らかにミア・ウィットロックと思われる巫女装束を纏《まと》った少女が狐《きつね》の面を被《かぶ》って映っていた。

『オンラインでの参加も可能だって聞いたから』

時代でしょ？とミアは画面の中から正当性を主張してくる。引きこもりが時代の最先端を行く日が来るとは思わなかったな。

『――でも、これは要らないわね』

と、その時。ミアは、被っていた面を自ら取った。オリビアも、あるいは他の《調律者》の面々もどこか驚いたようにその様子を見つめる。

これまで、顔や名前を含めて一切の素性を他人に見せてこなかったミア。そこにどんな心境の変化があったのか、それは彼女自身が語らない限りは分からない。それでも今のミアの瞳には、この世界と関わる決意が灯《とも》っていることだけは確かだった。

「なるほど、《巫女》と面識があるのはさすがといったところかな」

するとフリッツはなにやら興味深げに俺を見つめ、それから「では彼のことも知っているかな」と、視線を彷徨《さまよ》わせる。《名探偵》シエスタ、《暗殺者》加瀬風靡《かせふうび》はさらりと流し……やがて一番端に座っているダークスーツの男に目を向けた。

「…………………」

だが室内にもかかわらずサングラスを掛けたそいつは、綺麗《きれい》な姿勢で椅子に腰掛けたまま微動だにしない。その姿はまるで精巧なアンドロイドのようにさえ見え、少しも緩むことのない口元からは一言も言葉は発せられない。

俺はこの男のことは知らない。が、しかし、この男たちの存在は恐らく俺の人生に何度も関わったことがあった。

「《黒服》だ」

と、フリッツはその男の名ではなく役職を語った。

「彼らは《黒服》という一つの組織として《調律者》に任命され、いわば便利屋のように世界中に配置されている」

「……ああ、心当たりなら確かにある」

たとえば四年前、俺は彼らにマスケット銃を密輸させられ、上空一万メートルでシエスタと出会った。その後も時折シエスタの指示により俺たちの仕事を手伝ってくれることがままあり、シエスタと一度死に別れた後、俺個人としても彼らを頼ったこともあった。

『そう。すなわち《黒服》とは、巨大なパズルの完成間近に紛失してしまったピースの代わり。錆《さ》びて動かなくなった歯車を再び回転させるための潤滑油。とある物語を成り立たせるために登場人物の前に訪れるご都合主義。彼らは、そういう存在だ』

　矛盾だらけのこの世界でそれでも人がなんの齟齬《そご》も感じずに生きていられるのは、たとえば、目には見えない、記憶には残らない、闇から放たれる一発の銃弾のおかげなのかもしれなかった。

「では、次は私の番かな」

　その時今まで無言を貫いていたもう一人の人物が初めて声を上げた。上座に位置するフリッツのはす向かい。シルクハットを被《かぶ》り、白い髭《ひげ》を蓄えた老人が口元を緩める。

「私の名はブルーノ。《情報屋》として皆さんに役立つ情報を提供することが仕事だよ」

　ブルーノと名乗った老人は、もしもサンタクロースがこの世界にいるとしたらこんな風に笑うのだろうかと、そう思わせるような柔らかな微笑を浮かべていた。

「《名探偵》さんとは、久しぶりになるかな」

「ええ、お会いできて嬉《うれ》しいです。ブルーノさん」

　シエスタは意外にも恭しくブルーノに対しては頭を下げる。二人は旧知の仲らしい。

「実は、君も知らないうちに彼にはお世話になってるよ」

　隣に座ったシエスタが、俺の耳元でそう囁《ささや》く。

「あの三年間でってことか？」

「うん、私たちが今まで体験した事件のうち三割は、彼の知識や情報なしには解決できなかっただろうね」

なるほど。この会議に出る直前にシエスタが言っていた、俺も知らないうちに関わっていた《調律者》とは、《黒服》や《情報屋》のことだったらしい。

「ちなみに《調律者》に定年制はないのか」

ふと気になって、俺は小声でシエスタに耳打ちをする。

「ないよ。というか君、意外とナチュラルに失礼なこと言うよね」

……シエスタに正論で怒られるのも珍しい。大概は理不尽な理由で叱られるからな。

「ははは」

と、ブルーノは予想外に楽しげに笑う。ぱっちり俺の失言は聞こえていたらしい。

「いや、気にはしていないよ。私の身体《からだ》を労《いたわ》ってくれてのことだろう」

ブルーノはそう言って柔らかく目を細める……が、それとは反対に、視線だけで人を殺せそうな人物が俺を睨《にら》んでいた。

「いいか、クソガキ」

そりゃ風靡《ふうび》さんの年齢に比べたらガキですけど、という言葉が喉まで出かけてやめた。

「彼はお前の十倍以上の人生を生き、《情報屋》としての職務を果たしてくれている。そのことに対する敬意だけはゆめゆめ忘れるな」

……俺の年齢の十倍？　じゃあブルーノは……。いや、見た目ではせいぜい七十代ぐらいにしか見えないが。

「少し特別な薬のおかげでね。不老不死とまではいかないが、皆さんよりは少しだけ長く生きられる身体《からだ》になった」

するとブルーノは顎鬚《あおひげ》をなぞりながら俺に語りかける。

「ただ、私はわずかに長生きしているおかげで多少物事を知っているに過ぎない。常に前線で《世界の危機》に直面している《暗殺者》や《名探偵》を、私は尊敬しているよ」

そう言ってブルーノは風靡《ふうび》さんに続いてシエスタにも優しい瞳を向けた。

「では次に移りたいが」

そうしてフリッツの提案で始まった顔合わせは、遂《つい》に七人目の《調律者》に移る。その最後の人物は、俺たちがこの部屋に入る前から風靡さんと揉《も》めていた問題児の少女で——

「ようやくあなたと話せるわね」

するとその少女——リローデッドはずっと硬かった表情から一転、どこか得意げに白い八重歯を見せると、橙色《だいだいいろ》の髪の毛をサッと払いながら俺に向けてこう言った。

「君塚君彦《きみづかきみひこ》、あなた——この《魔法少女》リローデッド様の使い魔《ペット》になる気はない？」

だから俺の回りに現れる少女はどうしてこう面倒くさいタイプばかりなんだ？

◆正義の天秤《てんびん》

そうして顔合わせは一通り終了となり、今日出席している七人の《調律者》の役職が明らかになった。《革命家》フリッツ・スチュワート、《情報屋》ブルーノ、《黒服》？？？、《名探偵》シエスタ、《暗殺者》加瀬《かせ》風靡、《巫女《みこ》》ミア・ウィットロック。そして――

「や、なんでリルだけさらっと流されなくちゃいけないのよ」

鮮やかな橙色の髪の毛を持つその少女は、相変わらず自分のことを「リル」という愛称で呼びながら、バンッと机を叩《たた》いて立ち上がる。その衝撃で黒いステッキが床に倒れた。

「もう一度言うわよ、君塚君彦。あなた、リルの使い魔になりなさい」

彼女こそ七人目の《調律者》にして《魔法少女》リローデッド。年齢は俺やシエスタと同じぐらいだろうか、しかし身に纏《まと》っているのはアニメに出てくる魔法少女の衣装そのもののようで、さっきほんの一瞬見せた愛くるしい顔にはよく似合って見えた。

ところが言動に関しては最初から一貫してまるで可愛《かわい》げがない。使い魔とは魔法少女なりの表現で、要するに俺に使い走りになれと言いたいのだろうか。だとすると。

「……一ミリも俺にメリットがあるとは思えないんだが？」

「そんなことないわよ。ほら、名探偵の助手もそろそろ飽きたでしょ？　それより可愛い魔法少女の犬になった方が絶対楽しいわよ」

「犬って言っちゃってんじゃねえか。……というか、なんで俺なんだよ」

記憶を辿《たど》るまでもなく、俺とこの少女は初対面。それがなぜ俺を犬に……もとい、助手のようなポジションに置こうとしているのか。

「そんなの決まってるでしょ。君塚君彦《きみづかきみひこ》、あなたはこの世界の——」

「——悪いけど、助手があなたのものになることはないから」

と、シエスタがこのやり取りに割って入ってきた。この会議が始まる前からリローデッドには一方的に絡まれていたが、シエスタは今さらやり合うつもりなのか、武器こそ手にしないものの机を挟んで冷戦を始める。

「なに？ 独占欲でも発揮するつもり？ 嫉妬深い女は嫌われると思うけど」

「私はそういうくだらない感情の話をしているつもりはない。これは契約上の問題」

「契約？ 三年も四年も経《た》ってたら、契約なんて普通は更改されるでしょ」

「残念。助手は私と終身雇用契約を結んでるから、君なんかの相棒を務める暇はないの」

……なにやら俺の与《あずか》り知らぬところで、シエスタとの謎の契約が発生していた。

終身雇用ということは、死ぬまでシエスタと一緒ということか？ 理不尽だらけの毎日がこれからも続くと？ …………。……お断りだな、ああ、まったく迷う余地もない。

「そうやって自分だけずるをするつもり？」

するとリローデッドは、再びシエスタにそんないちゃもんをつける。

「リルだって《特異点》さえ利用できれば、もっと仕事も効率よく……」

「いや、リローデッドはいつも《魔術師》として十分務めを果たしている」

その時、フリッツが場を収めるようにリローデッドを讃《たた》える言葉を口にした。

「……だから《魔術師》じゃなくて《魔法少女》だってば。《調律者》になってあげる代わりに、役職名は変えるって言ったでしょ」

が、しかしリローデッドは不服そうに頬杖《ほおづえ》をつくと、フリッツをじとっと睨《にら》む。

どうやらシエスタがここに来る前に言っていた《魔術師》の老婆に代わって、このリローデッドという少女が新たに《調律者》に就任したらしい。《調律者》に定年制度は存在しないらしいが、だとすると先代《魔術師》はどういう事情があって退任したのか。さっきから謎や疑問は増えていくばかりだが、隣に座った澄まし顔の名探偵を含めて、誰も答えは教えてくれない。

「──さて。余談はこれぐらいにしておこうか」

そうして連邦会議の司会役であるフリッツ・スチュワートが、胃の底に沈むような声を部屋に響かせた。ようやく会議は本題に入るらしい。今回の目的の一つは《原初の種》討伐に関する報告会のようなものだと聞いていたが、果たして。

「では遅れてしまったが改めて、白昼夢。君のおかげで《原初の種》という危機は去った」

フリッツはシエスタの方を向いて、彼女の名探偵としての働きぶりに賛辞を送る。

「世界中に散っていた協力者も含めて、秘密結社《SPES《スペース》》はじきに壊滅に向かうだろう。また、彼らが不法占拠していた孤島についてはミゾエフ連邦領となることに決まった。これで《原初の種》にまつわる危機にすべての片がついた。お疲れ様」

そうして幾つかの拍手が鳴る。画面の中のミアに、オリビア。それからフリッツと、ブルーノが大きな使命を終えたシエスタをねぎらう。

「……私は」

しかしシエスタの顔は決して晴れやかなものではない。

六年前に《原初の種》と出遭い、それから四年前に俺と共に《SPES《スペース》》と戦う旅に出て。今まで失ったものの数を数えたら、シエスタが笑顔でこの場にいられるはずがない。少なくともシエスタは、こういう時に笑うような少女ではなかった。

「そもそも褒め称《たた》えられるような出来じゃなかったでしょ、その子の仕事は」

すると自称《魔法少女》は頬杖《ほおづえ》をついたままシエスタに冷たい視線を送り、

「それにこの場にいる他数名の《調律者》もルール違反を犯した」

次いでシエスタ以外の人物に対しても噛《か》みつき始める。

だが、リローデッドが誰のことを指しているのか、俺にはすでに察しがついていた。

「フリッツ、あなたも把握してるんでしょ？　《暗殺者》と《巫女《みこ》》の越権行為」

……やはり、か。確かにその二人は、シエスタの任務である《原初の種》の討伐に手を貸していた。

ミアは本来《巫女》以外の人物が閲覧することを禁じられている《聖典》をシエスタに見せ、風靡《ふうび》さんはシエスタ亡き後《SPES》と戦うシャルや俺の手助けをしていた。それらはすべて連邦憲章のルール違反ではないかと、リローデッドはその是非を議題に挙げた。

『……ッ、センパイは悪くない』

と、例のパソコン画面から少女のそんな声が聞こえてくる。

『あれはあくまでも私の意思で、だからセンパイは……』

「は？　だから？　なんの反論にもなってないけど？」

『……オリビア、これ通話画面どうやって切るの？』

喧嘩《けんか》慣れ……というよりも人と喋《しゃべ》り慣れていないミアはリローデッドの圧に負け、すごすごと画面の向こうに引き下がろうとする。可哀想《かわいい》。

「それについては私から一言説明しよう」

その時、《情報屋》ブルーノが手袋を嵌《は》めている右手を挙げた。

「実はその件について以前、《暗殺者》から提案を受けていてね。確かに連邦憲章には、一つの《世界の危機》に対しては一人の《調律者》が対処に当たること、という記載がある」

——しかし、と。ブルーノが杖で床を叩《たた》いた。

「自身の任務に余裕がある限りにおいては、他の《調律者》の助力を行ってもいいのではないか、と《暗殺者》は言っていてね。事実私も、本来の職務ではあるものの他の《調律者》の皆さんの任務をお手伝いしている身。彼女の言い分もよく分かる」

ブルーノの発言を受けて、風靡さんのもとに一斉に視線が集まる。

風靡さんは自分の行いがいずれ問題になることを分かって、一番年長であり仕事の内容

にも理解がありそうな《情報屋》に事前に話を持って行っていたのか。

「困っている人がいたら助ける、警察官としては当たり前のことでね」

風靡《ふうび》さんは注目を浴びながらも余裕な態度は崩さず、軽口を叩《たた》いてみせる。さらには。

「いやまあ、自分の任務に手一杯で他人を気遣う余裕すら持てない子どもには、理解しがたい話かもしれないが」

明らかに誰かのことを言外に馬鹿にしながら鼻を鳴らした。

「それ、リルのこと言ってる?」

「なんだ、自覚があったのか」

「は?」

「あ?」

……風靡さんあんた、人付き合い下手すぎだろ。

「なるほど、事情は分かった」

するとフリッツは表情を崩さず、風靡さんとブルーノの主張をひとまず受け入れる。

「確かに今回の《原初の種》については、近年稀《まれ》に見られる脅威でもあった。多少のイレギュラーが認められることはあってもいいだろう」

「っ、ただの司会進行役にそんなことまで決める権限はないでしょ」

しかしリローデッドはその決定に納得がいかないのかフリッツに噛《か》みつく。

「ああ。正式なルール変更となれば、連邦政府によって最終的な判断がなされるだろう」

──ただ、と。フリッツの声色が再び変わる。

「私は今この会議をつつがなく進行することを最も優先するべき事柄として、かような裁定を下した。そのことになにか異論があるのか？」

底冷えするような声に、心臓に痛みが走るような錯覚を覚える。そしてあれだけ傲慢な態度を取っていたリローデッドも一瞬怯《ひる》んだ様子を見せ、やがて反論することを諦めた。

「それじゃあ、決まったようだね」

張り詰めた空気をあえて読まないかのようにブルーノのしゃがれた声が静寂を破った。

「新しい時代には、新しいルールと価値観が必要だ。その変化を恐れぬ若者こそを私は誇りに思うよ。……いや、これは老いぼれが、新たな時代についていこうと必死なだけかもしれないが」

ブルーノはそう言いながら、手にした杖を指先で優しく撫《な》でる。

「お気遣い、感謝します」

風靡《ふうび》さんが《情報屋》に向けて頭を下げる。

シエスタと同じく、ブルーノに対しては本心から敬意を抱いているようだった。

「ははは、可愛《かわい》い女の子の頼みだからね」

「……お気遣い、感謝します」

さっきとまったく同じ台詞《せりふ》を、少し間を置いて返した風靡さんは珍しくリアクションに困っているようで、思わず笑っ……てしまうところだった危ない。

「では、本題について話すとしようか」

──すると。フリッツの冷たい瞳が俺に向いた。

ああ、なるほどと、そこで気付いた。この会議の目的は、《原初の種》討伐に関しての単なる報告会の場ではなかったのだと。つまり、これは。

「《聖典》に書かれた未来が変化したことについて、君はどんな見解を持っている？」

ミアの予言した未来を覆し、まったく新たなルートXを模索したことに対する、俺への糾弾の場だった。

「本来であれば白昼夢は死に、その後新たに就任した《名探偵》によって《原初の種》を枯らすことがあるべき未来であったと聞く。しかし君はそれを覆し、歪《ゆが》め──結果として白昼夢は生き返ったものの、新たな《名探偵》候補だった夏凪渚《なつなぎなぎさ》は死亡した」

いや、今は昏睡《こんすい》状態だったかな、とフリッツは片方の眉を上げながら俺の方を見る。

「果たしてこの結末は君が……いや、白昼夢が望むものだったと思うかな？」

フリッツはそう俺だけに尋ねる。問いただす。夏凪渚が死んで、代わりに自分が生き返る──こんな結末をシエスタが望んでいたと思うのか、と。そして俺は、それに答えられない。答えなんて、分かり切っているから。

「《特異点》《シンギュラリティ》」

フリッツが俺を見ながらそう言い、そして他の《調律者》たちの視線もまた一斉に俺に集まった。

「時代が大きく動く時に必ず出現するそれは《巫女《みこ》》が見る未来をも覆し、定まった世界のあり方を転換させる、イレギュラー因子――」

それが君だ、と。フリッツは俺に告げた。

特異点――その言葉は昔スカーレットも口にしていた。あるいはミアも似たようなことを言いながら俺のことを見つめていたことがあった気もする。

未来を変える存在、世界を動かす特異点《イレギュラー》……それが俺、君塚君彦《きみづかきみひこ》であると。冗談じゃない、そんな馬鹿な話があるはずないと心の中で笑いながら、これまで俺の人生に張られてきた伏線が脳裏によぎった。

たとえば俺がずっと抱えてきたこの厄介な、巻き込まれ体質。それが実は《特異点》であるが故のもので、それによって俺の周囲では予想外の出来事が絶えず起きていたのではないか、だとか。そういえばいつだったかヘルは、俺の体質は本来、物事を変化させ事件を引き起こす類いのもので、俺こそが世界の中心であると言っていた。そしてなによりそんな存在を必要として、災厄が間近の未来を変えようと、俺を地上一万メートルの空の上に連れ出した一人の名探偵がいた。

それらが全部、俺がその《特異点》なる存在であったからだと仮定したらどうだ。だからこそ俺の周りでは事件が起こり、名探偵や世界の敵が集まり、やがて巫女の見た未来さえ覆した。死者を生き返らせるなどという禁忌をも実現できた本当の理由は——

「《特異点》に訊《き》く。これから君は、どのように世界に関わる？」

再びフリッツが俺に問いかける。

「確かに今回は他の《調律者》が協力したこともあって君の目論見《もくろみ》通り、白昼夢は生き返った。また《原初の種》を排除することに関しても偶然上手《うま》くはいったが、毎回そうとは限らない。結果がすべてとは、私は思わない」

フリッツ・スチュワートは押し黙る俺を見ながら、指を組んで両肘を机に載せる。そして俺と同じく、風靡《ふうび》さんやミアも反論をするための口を開くことができない。自分たちのやったことが間違っているとは言わずとも、正しくないということはきっと彼女たちも分かっていた。

だがそんなことは他の誰より、俺自身が一番理解している。風靡さんを怒らせ、ミアを泣かせ、それでも俺は二人を説得した。騙《だま》した。だったら他の誰でもない、俺が言うしかない。

「助手？」

突然その場に立ち上がった俺を、シエスタが驚いたように見つめる。

これまで俺は探偵だけを頼りにしてきた。あの三年間、俺はずっとシエスタの隣にいて——シエスタさえいれば事件は終わると、望みは叶《かな》うと、そう過信してきた。だがその報いを受けてシエスタを失った俺は、彼女を忘れられぬまま一年間も無為な日々を過ごし、また新たな探偵に出会った。

夏凪《なつなぎ》は、夏凪だけの人生を生きていい。俺は彼女にそう言ったにもかかわらず、結局俺は彼女に探偵を続けてくれるように頼み、いつしか頼り切っていた。あの三年間も、ぬるま湯に浸った一年間も、再び立ち上がったこの数ヶ月の日々も、俺はずっと《探偵》に縋《すが》って、助けられて生きてきた。――だけど。

「そろそろ、立場が入れ替わってもいい頃か」

きっとそれが今日、俺がこの場に立っている意味だ。

さっきから微妙に足が震えている気がしないでもないが、なに、気にするな。これはずっと同じ姿勢で座っていて疲れただけで、あるいはそう、武者震いだ。

「フリッツ。つまりあんたは、俺たちがシエスタを生き返らせようとしたことに問題があったと、そう言いたいのか？」

俺は《革命家》と、そしてこの会議に出席した全員を見渡す。《調律者》に囲まれた中、ただの一般市民である自分が発言することすら本来おこがましい場。世界を守ってきた英雄たちの視線を集めながら俺は一体なにが言えるのか。

「要約すると、そういうことになる」

フリッツが代表して答えた。一つもその顔色は変わることはない。政治家としての表の顔ではなく、裏世界を牛耳る《革命家》として告げる。

「正史であれば、《名探偵》はこの世界を救うために犠牲になるはずだった」

探偵は、死んでいなければならなかったと、そう世界の守護者を代表して判断を下す。

それを聞いて不思議と心は凪《な》いだ。《調律者》のルールだとか、《聖典》に記されたストーリーだとか、俺が《特異点》であるか否かなど、そんなことはなに一つ関係ない。大切なことはたった一つだけ。すでに俺の言うべきことは決まった。

「そうか。シエスタは生き返るべきではなかった、か。本気でそう思ってるのか。だったら、あんたらは今すぐこの仕事を辞めた方がいい」

だってこんな簡単なことが分からないんだ。

そんな奴《やつ》らに世界を守る資格なんてないだろ？

「シエスタを失うことは、全人類、全世界、全宇宙にとっての損失だ」

あの日、地上一万メートルの空の上で探偵に出会ってから、俺はずっと彼女たちに手を差し伸べられてきた。救われてきた。だけどこれからは——逆だ。俺が《特異点》なる存在であろうとなかろうと、そんなことはどうでもいい。俺にとって世界なんて関係ない。

ただ一つだけ譲れないのは。

シエスタも、夏凪渚《なぎさ》も。

探偵は俺が死なせない。

「…………」

室内には沈黙が降りた。しん、と静まり返り、自分の心臓の音だけが聞こえてくる。七人の《調律者》は、ある者は俺を睨《にら》み、ある者は興味深そうに微笑を浮かべ、ある者は無関心に虚空を見つめていた。それから、永遠にも感じられる静寂が数十秒続いたのち。

「……と、俺は思うが、まあ、あとはお偉い皆さんに判断頂いて」

「バカか、君は」

沈黙に耐えられなくなりすごすごと席に戻ると、予想通りと言うべきかシエスタのジト目が俺を出迎えた。やがてシエスタは大きくため息をつくと。

「でも——ありがとう」

どこか困ったような表情。それでも結んだ唇には微笑が浮かんでいた。

「さて、助手にここまで頑張らせておいて私がなにも言わないわけにはいかないね」

するとそれから、シエスタが俺に代わってその場に立ち上がる。

「勿論《もちろん》、今回の件について責任を取る準備はできている」

そうして、ぐるっと部屋にいる面々を見渡すと、彼女はあくまでも落ち着き払った様子でこう言った。

「私はこの場をもって《調律者》の職を辞し、代わりに夏凪渚《なつなぎなぎさ》を正式に次期《名探偵》に指名したい」

◆探偵、完敗

連邦会議を終えた俺とシエスタは、それから軽めの夕食を取るために宿泊先近くのカフェテリアに入った。洒落《しゃれ》た店内でパスタやスコーンを食べながら、例の会議の延長戦を図る。

「それで、どういうことなんだ？　シエスタ」

フォークで綺麗《きれい》にパスタを巻き取る彼女に俺は訊《き》く。

「《名探偵》をやめるって本気なのか？」

約一時間前。連邦会議にてシエスタは《名探偵》の座を退くことを宣言し、後任に夏凪渚を指名した。しかしながらそれを聞いた他の《調律者》の面々のリアクションは（ミアを除き）落ち着き払っていた。

「ああ、そっちの話？　てっきり《特異点》のことかと」

シエスタは相変わらず澄ました様子で口元をナプキンで拭う。

「まったく気にならないと言えば嘘《うそ》になるが……今はそれより優先すべきことがある」

「へえ。また『そういう大事なことは最初に教えとけ』って怒られるのかと思ったけど」

その口ぶりからすると、やはりシエスタも俺がそういう存在であることは認識していたのだろう。だが少なくとも今、俺にとってその情報は比較的大きな意味を持たなかった。

「もしも本当に俺が世界に対してなにかしら影響を与える存在だったとして。だけど、その設定が俺の行動に影響を与えることはない」

　元々、厄介極まりない《巻き込まれ体質》なんてものを背負って生きてきたんだ。今さらそこに別の意味を付与されたところで、俺の思考も生き方もなにも変わらない。俺のやるべきこと、叶《かな》えたい願いは一つだけだ。

「……そっか。ふふ、君は本当に成長したね」

　シエスタは一人で納得したように、再び食事に手をつける。

「それで？　俺が訊《き》きたいのは、どうして急に《名探偵》を辞めるなんて言い出したのかってことなんだが」

　いい風な話でなんとなく締まった感じがあるが、そうやって大事なことを誤魔化《ごまか》すのがシエスタの得意技である。

「私の《名探偵》としての使命はあくまでも《SPES》《スペース》を殲滅《せんめつ》すること。それを成し遂げた今、私が《名探偵》の職を辞することはそんなにおかしなことだとは思わないけど」

「……生まれつき探偵の体質が染みついてるんじゃなかったのか？」

　俺は手元のグラスを見つめながらシエスタに訊く。

　その水面には歪《ゆが》んだ自分の顔が映っていた。

「そうだね。だからこそ仇敵《きゆうてき》を倒した今、私は普通の《探偵》に戻る。それだけの話」

　シエスタは俺を見つめながら口元を緩める。

「だからここからは、君の物語だよ」

柔らかい物腰でありながらも、反論の余地を許さないような物言いだった。

「……そう、か」

だけど、そうだ。仮にシエスタが世界の敵と戦わなくなっても、日常に潜む謎や悪に挑むことは変わらない。シエスタが《名探偵》を辞めたからと言って、彼女が俺の隣から完全にいなくなるわけでは――

「助手？」

ふとシエスタが俺の顔を覗《のぞ》き込んでいるのに気付いた。

「……いや、なんでもない」

もう探偵に頼り切るのは、やめようとしていたにもかかわらず。シエスタが隣にいることを前提に話を進めようとしていたことに自分で驚き、俺は咳払《せきばら》いを挟んだ。

「だから代わりに夏凪《なつなぎ》を後任にすると？」

「うん。私が今こうやって身体《からだ》を動かせているのも、《原初の種《シード》》を倒すことができたのだって、全部渚《なぎさ》のおかげだよ。彼女ならきっと私よりも《名探偵》をうまくやれる……うん、渚こそがそれに相応《ふさわ》しかったんだ」

私の完敗だ、と。シエスタはそう言って椅子の背もたれに身体を預けた。

それは、ロンドンで出会った夏凪《アリシア》に一年越しの負けを認めるかのようだった。

「もちろん、渚が今でも《名探偵》をやりたいと言ってくれたらの話だけどね。今の渚はシードの《種》の力も喪失して、普通の女の子に戻っているかもしれない」

「……ああ。だからこそ、夏凪《なつなぎ》本人にそれを訊《き》かないとな」

俺たちは頷《うなず》き合い、改めて今後の方針を確認する。いくらシエスタが《名探偵》の職を夏凪に引き継いでほしいと願おうとも、彼女が目を覚まさない限りその願いは叶《かな》わない。

「そうだね。あまり時間はないけれど、必ず渚《なぎさ》の目を覚まさせてみせる」

事実、先の連邦会議でもシエスタの辞意を正式に上に伝える条件として、夏凪渚の会議への招集を言い渡された。つまりは夏凪が目を覚まし、シエスタの意思を引き継がない限り、シエスタは《名探偵》のままというわけだ。

「けど、スカーレットには会えなかったな」

シエスタはあの吸血鬼を通して夏凪を目覚めさせるためのヒントを得ようとしていたわけだが、残念ながら奴《やつ》が会議に顔を見せることは最後までなかった。

「まだ時間が早かったかな。屋内なら大丈夫なはずではあるんだけど」

そう、吸血鬼は夜にしか姿を見せない。太陽が苦手なのは《原初の種》と同じだった。

「にしても結局、《調律者》の出席者は七人だけだったな」

残りの不参加メンバーは《吸血鬼》に《発明家》、まだ見ぬ《怪盗》、それに加えてあと二人……いや、その内一人はシエスタの言っていた《執行人》か。

「むしろ出席者が過半数を超えるのは珍しいよ。新入りの《魔法少女》の子に会えたのもラッキーだったね」

シエスタは紅茶で口を湿らせながら呟《つぶや》く。あれだけ啖呵《たんか》を切られながら冷静なものだ。

「《魔術師》の後任って言ってたか。けど、そう簡単に役職って代わるものなのか？」

まあこの場合は単なる役職名の変更だけなのかもしれないが。

「あるあるだよ。《調律者》の役職は十二個以上あって、その時代に即したものが選ばれる。かつては《払魔師《エクソシスト》》や《剣豪》なんてものもあったんじゃなかったかな」

「入れ替わりが激しいんだな」

「《世界の敵》と戦うっていうのはそういうことだから」

シエスタの口元が、少しだけ淋《さび》しげに歪《ゆが》む。

俺が言ったのは単純な役職の入れ替わりの話だったが、恐らくシエスタはそれを別の意味に解釈した——すなわち《調律者》の殉職。そうして《調律者》は定期的に入れ替わっていくのだと。

「現に私が知っていた《執行人》も、この一年でいなくなってしまったみたい」

……そうか。単純に不参加だったというわけではない、と。じゃあすでに別の人間が《執行人》を受け継いでいるのか、あるいは役職ごと入れ替わっているのか。

そんな風にシエスタも、自分がいずれどうなるかの未来を知りながら、あの三年間《世界の敵》と戦い続けていた。俺はずっと彼女の隣にいながら、その覚悟に気付くことができなかった。

「それよりも、今は渚のことだよ」

するとと相変わらずと言うべきか、俺の思考を読んだようにシエスタが話題を戻す。

「さっきも少し言ったけれど、渚《なぎさ》の意識は深い眠りに就いているんだと思う」

シエスタは顎に指先を添えながら、夏凪《なつなぎ》の現状について考察を試みる。

「自分の役目はもう果たし終えたと考えて、納得して、安心して眠ってしまったんだ」

私もそうだったから、とシエスタは過去の体験を語る。

シエスタもまた夏凪の心臓の中で意識だけで生き続け、また眠っていた経験がある。

「……ん？　だったら、あの時はどうやってたんだ？」

「あの時？」

俺の疑問にシエスタはわずかに首を傾ける。

「ほら、いつかの豪華客船で。暴走したカメレオンと俺が戦ってた時、夏凪の身体《からだ》を借りたお前が助けに来てくれただろ？」

少なくともあの時は、シエスタは目を覚まして俺のもとへ駆けつけてくれたわけだ。

「……そんなことあったかな？」

「いや、さすがにその惚《とぼ》け方は無理があるぞ」

しかしシエスタはなぜか俺から目を逸《そ》らし、不自然に首を捻《ひね》る。

「ああ、なるほどな」

と、その時俺は一つの可能性に思い当たる。長年にわたって助手役を務めてきたことで、俺にも多少の推理力は身についたらしい。

「つまりは俺のピンチに焦って居ても立ってても居られず目覚めてしまった、と」

「……っ」

「無意識レベルで俺のことが心配で心配で仕方がなかった、と」

「…………っ」

努めて冷静を保とうとするシエスタの眉が、それでもぴくりと反応する。

俺が誘拐された時も慌ててロボットに乗って駆けつけてきたことを思い出せば、むしろそれも自然にも思える。だから、つまりは。

「シエスタお前、俺のこと好きすぎだろ？」

一年越しに、俺はリベンジの機会を得たというわけだった。

「…………バカか、君は」

そしてその結果は、今まで聞いた中で最も弱々しい罵倒の台詞《せりふ》だった。

「……はあ」

それからシエスタは大きなため息をつくと、

「君はこんな会話を私としていていいわけ？　もし渚に聞かれたら、それはそれは怒られると思うんだけど」

そう言いながら呆《あき》れた様子で俺を見つめる。

一年越しに再会した相棒は、昔よりも少しだけ表情が変わりやすくなった気がする。

だけどそれは、あいつの……激情という焔《ほのお》を宿した少女と共に一年間、片時も離れず過ごした影響なのだろう。そんなことを考えながら、俺はこう返事をする。

「ああ、怒るだろうな」

——だから。

「だから早く起きて来て、叱ってほしい」

それだけが今の、俺の願いだった。

「……君、渚《なぎさ》のこと好きすぎじゃない？」

シエスタの苦笑いが俺に向けられる。

そんな早速のリベンジにどう答えるべきか、俺がそう考えあぐねていると。

「——全員、動くな！」

突如、店内に響く男の声と一発の銃声。何事かと音の鳴る方を振り向くと、覆面を被《かぶ》った数人の男らが銃口を店員と客に向けていた。

なるほど、どうやらまたしても事件発生らしい。やれ。情緒もへったくれもないな、と俺は苦笑いを噛《か》み殺しつつ、探偵の指示を待つのだった。

「助手。本当にそろそろ君の体質なんとかならない？」

「ああ。まさにそれが今の、俺の二番目の願いだ」

◆敵の名はアルセーヌ

それから翌日のこと。

俺とシエスタはとある人物からの呼び出しを受けてニューヨーク市警を訪れていた。

「よう、昨夜《ゆうべ》はお楽しみだったか？」

そして通された応接室にて。煙草《たばこ》を片手にソファにどっかり腰を落ち着けた女刑事――加瀬風靡《かせふうび》は、そんな某有名ＲＰＧに出てくるような台詞《せりふ》を口にしながら、入ってきた俺とシエスタをニヤリと見つめる。

「お楽しみ、の意味が分からないな」

俺は惚《とぼ》けつつ、シエスタと共に風靡さんの対面のソファに座った。

「いや、なに。そこの嬢ちゃんが眠そうにしてるもんだからな。お前が寝かせてやらなかったのかと」

「……この名探偵が眠そうなのはいつもの仕様だ」

隣に座った当の本人をちらりと見ると、俺と風靡さんの会話を聞いているのかいないのか、眠たげに目をこすっていた。そう言われてみればいつも以上に寝起きが悪かった気がしないでもないが……昨晩は神に誓ってなにもなかった。注釈をつけるまでもないが。

「てか風靡さん。あんたこそなんで、ニューヨーク市警でそう堂々としてられるんだ」

日本の一警察官がまるで我が物顔で部屋を占拠し、煙草を吹かしているが。そもそも禁煙するという話はどこにいったんだ。

「ああ、これか？　アタシは今すぐにでも禁煙したいんだが」

すると、風靡《ふうび》さんは薄く笑って。

「しばらくあの男の分も吸ってやるかと思ってな」

意外にもと言うべきか。そんな風に、彼女なりの流儀で今は亡き敵《かたき》を追悼した。

「……それで？　昨日の事件でなにか話が？」

それはつい先日俺たちが夕食を取っていたカフェで起こった、謎の覆面男たちによる襲撃事件のことだ。しかし犯人らにとって不幸だったのは客の中に名探偵がいたこと。結局俺の活躍の場面はなくシエスタは一瞬で男たちを制圧し、警察へと引き渡したのだった。

そうして今日、ある程度の目的を果たし終えた俺たちは帰国しようかと考えていたのだが……直前になって、まだニューヨークに滞在していた風靡さんからその件で連絡を受け、今に至るというわけだった。

「ああ。実は昨日お前たちがしょっ引いてきた奴《やつ》らに、事件を起こそうとした動機を吐かせたんだ。そしたらあいつら、ちょっとばかり面白いことを言い始めてな」

風靡さんの言う面白いこととは、俺たちにとっては間違いなく厄介なことだ。否応なしにうなだれながらも、俺は彼女の話に耳を傾ける――

「奴らはこう言った――アルセーヌを解放せよ」

それを聞いた瞬間、今まで眠たげにしていたシエスタが、ぴくりと反応した。そして険しい顔つきで指先を顎に添える。しかし俺にはその理由がまだ分からない。アルセーヌ？その名は一体……。

「怪盗だよ」

「……！　怪盗って、まさか」

シエスタは俺を見つめながら、こくりと頷《うなず》く。

「そう。十二人の《調律者》の一人にして、裏切り者《怪盗》アルセーヌ」

それも偽名だとは言われてるけど、とシエスタは複雑な表情を浮かべる。

裏切り者《怪盗》アルセーヌ。なぜ彼がそう呼ばれるか、それは前に《巫女》《みこ》ミア・ウィットロックが語っていた。

かつて怪盗は世界の敵である《原初の種》《シード》となんらかの取引を交わし、ミアの《聖典》を盗み出した。無論それは正義の味方であるはずの《調律者》としてはあってはならない背信で、結果として奴は地下の牢獄《ろうごく》へと幽閉されることになったのだ。

「なんでも最近、アルセーヌを解放することを目的としたテロがここニューヨークで頻発しているらしくてな。フリッツの野郎も対応に追われているそうだ」

すると風靡さんは煙草《たばこ》の煙を吐き出しながら、《革命家》にして表の世界でも政治家として働いているフリッツの名前を出す。

「それにニューヨークだけじゃない、今や世界各国でそういった事件がちらほら報告されているらしい。どうだ、お前も覚えはないか？」

そして風靡《ふうび》さんの鋭い目が俺に向く。

「……まさか、あのロンドンでのバスジャックも」

それは約三週間前、俺がミアと共にロンドンの街をバスで走っている時に起こった事件だ。確かにあの時、銃を持った男が「仲間の解放」を警察に要求していた。奴《やつ》の言っていた仲間とは、《怪盗》アルセーヌのことだったのか……。

「怪盗の仲間はそんなにもいるのか？」

ニューヨークやロンドン……世界を股にかけながら、バスジャックや立て籠もり事件を起こしてでも奴を救い出そうとする仲間が。

「確かに《怪盗》には協力者が多くいたと聞く」

シエスタが俺の疑問にそう答える。

「でも、恐らくは……」

「ああ、解放運動をしている奴らは決してアルセーヌの仲間ではない」

すると今度は、風靡さんがシエスタの言葉に続いた。

「その証拠に奴らはアルセーヌという偽名以外、《怪盗》に関する具体的な情報をなにも知らなかった」

風靡さんがそう断言するということは、その男たちが《怪盗》を庇《かば》って嘘《うそ》をついているというわけでもないのだろう。だったら。

「奴らは《怪盗》の仲間ではなく、使い捨ての駒に過ぎなかったと？」

「あるいは」

風靡さんはそう遮りながら、煙草《たばこ》の火を灰皿で消す。

「アルセーヌは奴らを意のままに操っているのかもしれない」

自分をこの監獄から救い出せ、と。

まだ見ぬ世界中の人間に命令して。

「……そんなことが可能なのか？」

アルセーヌは、見ず知らずの人間をまるで人形のように操る技術を持っていると？

「具体的な方法は分からない。でも」

シエスタが珍しく険しい表情で答える。

「彼は怪盗——人間の心や意思をも盗み出すことができる」

「……っ、けど、今アルセーヌが脱獄しようと企《たくら》んでるんだったら、まだ対策の取りようはあるんじゃないか？」

今もアルセーヌはどこかの国の地下深くに幽閉されているという。であれば、これからさらになにか動かれる前に厳粛な対応を——

「ああ、そうだな。そうできれば良かったんだが」

すると風靡さんはシエスタに代わり、天井に向かって煙を吐き出しながらこう答えた。

「無能な上の連中曰《いわ》く、《怪盗》アルセーヌはすでに脱獄を果たしていたらしい」

◆きっとブザーは三度鳴る

それから警察署を後にした俺たちは《怪盗》アルセーヌについての話し合いを行う……と思いきや、その考えは当のシエスタによってまんまと裏切られた。

「私たちの席はここみたいだね」

シエスタと俺は並んでシアターの席に腰を下ろす。今俺たちはどういうわけか、ここブロードウェイの劇場にミュージカルを見に来ていた。

「本当はこんなことしてる場合じゃないんだけどな」

「急いだところで必ずしも欲しい答えが見つかるとは限らないよ」

だがシエスタはあくまで冷静にそう言い切ると、手元のパンフレットに視線を落とす。彼女がこの判断をしたということは、やはりなにか意味があるのだろうか。

「それにしても久しぶりだね。二年ぶりだったかな」

するとシエスタは過去の思い出を口にする。俺たちは以前にも、シエスタの誘いでこの劇場を訪れたことがあった。

「あの時は劇場でテロが起こったせいできちんと楽しめなかったからね」

「そのやり直しってわけか。……というかそんなのに巻き込まれてばっかだな」

「主に君のせいでね」

開演前、俺たちはそんな軽口を交わす。

あれから二年が経《た》った。

あの時は確かまた埋め合わせをしようと言って……だけど一年後、それは叶《かな》わない約束だと知った。それからまた一年、まさかこんな形で実現することになるとは。

「それで、どう？ この一年で、ミュージカルとかそういうお洒落《しゃれ》な文化とか場所が似合う大人の男に成長した？」

「そりゃあ、俺も十八だからな。フォーマルな場だろうが緊張なんてしないし、女性をエスコートするのもお手の物だ」

俺はそう言ってシエスタの試すような質問を受け流す。

「この一年、女の子と買い物に行ったり食事に行ったりしたのはもちろん、旅行先ではプールやカジノで遊んで、バーにだって誘えるようになった」

「……そう。別に君がどこの女とよろしくやって大人になってても私には関係ないけど」

が、ここで、なにやら地雷を踏んだらしい。露骨にシエスタの機嫌が悪くなった。

「ジョークだ。ネタばらしをすると、相手は全部、夏凪《なつなぎ》と斎川《さいかわ》とシャルだ」

しかも期間にするとここ二、三ヶ月に集約される出来事。シエスタと一度死に別れて、それから夏凪と出会うまでは、ひたすらぬるま湯に浸った日々だった。

「だが色々と経験を積んだのは確かだからな」

俺が言うと、シエスタはこちらを見て首をかしげる。

「まあ、なんだ。まずは夏凪を目覚めさせて。それから色々落ち着いたら、また――」

そんないつかの未来を夢見て、俺たちはこんな会話を交わした。

「どこか、一緒に出掛けるか」

「——うん、そうだね」

開演のブザーが鳴った。


「やっぱり本場のミュージカルはいいね」

それから三時間後。シアターを出てホテルへの帰り道を歩いていると、シエスタがぐっと伸びをした。空に向かって伸ばした手の遥《はる》か先には、高く三日月が昇っている。

「なにより主演二人の濃厚なキスシーンを見て君が気まずそうにしてたのが面白かった」

「意味の分からん楽しみ方をするな。俺を見るな、劇を見ろ」

「あ、図星だったんだ。暗くて君の顔は見えなかったんだけど」

不当なトラップを仕掛けられた……。

シエスタは口角を少しだけ上げると、それから俺の三歩先を歩き出す。

「でも、そろそろ日本に帰らないとね」

「……ああ、夏凪《なつなぎ》のことも心配だからな」

結局スカーレットに会えなかったこともあり、現状夏凪の目を覚まさせるための手がかりはない。であれば、これ以上この国に留《とど》まる意味はないだろう。シエスタの言う通り、明日にでも日本に帰った方がいい。

「………」

ふと気付くと、前に立ったシエスタが俺の顔を覗《のぞ》き込んでいた。

「助手？」

「《怪盗》のこと、考えてた？」

……やはりこの名探偵にはなんでもお見通しらしい。風靡《ふうび》さんから聞いたその話が、どうしても俺の中ではまだ引っかかっていた。

「ああ、監獄にいたはずの奴《やつ》が、一体どうやって世界中の人間にテロを実行させたのか、と思ってな」

風靡さんやシエスタの言うように、《怪盗》アルセーヌに他者を操るような能力や技術が本当にあったとしても、さすがに獄中でその力を発揮することは難しいように思える。

「そうだね。たとえば牢獄《ろうごく》を監督する刑務官を操れたとしても、それならその時点で容易に脱獄はできたはず。こうして見ず知らずの世界中の人間を操る理由が思いつかない」

そう。アルセーヌが実際に行っていた他者を巻き込む企《たくら》みは、随分と遠回りなやり方に思える。脱獄することが唯一にして最大の目的ならば、もっと効率のいい方法はあるだろう。アルセーヌにできることと、実際に行われた結果には大きな矛盾が生じる。それこそがこの事件の最大の謎に思えた。

「シエスタは、《怪盗》について他に知ってることはないのか？」

これまでシエスタは俺に対して、そういったことは積極的に語ろうとはしなかった。だが俺も、たとえば《調律者》という存在を知り、この世界の裏側に近づいた今、シエスタが無意味に情報を隠す理由はないはずだった。

「アルセーヌはとにかく秘密が多い存在だったからね。私も、彼の怪盗としての実力にまつわること以外詳しいことはあまり知らない。でもそんな彼の技術で確かなことは──」

シエスタはそう前置きをして、それでも俺のまだ知り得ない《怪盗》についての情報をもたらす。

「アルセーヌになにかを盗まれた者は決してその事実に気付くことはない」

その圧倒的な盗みの技術を買われて彼は《怪盗》の座に就いた、とシエスタは語った。

なにかを盗まれ、なにかが欠けて、それでもなおその正体に気付くことができない。そんなことが果たしてあり得るのだろうかと、昔の俺であれば納得できなかったのかもしれない。だが事実、俺はかつて《花粉》によってシエスタの死の真相を忘れていた。あるいはシエスタも、かつて夏凪《なつなぎ》やアリシアと出会っていた記憶を奪われていた。

そうして失われたものたちは、所有者の失った自覚もないまま、モザイクの波の彼方へと消えていく。《怪盗》アルセーヌはそうやって他者から、意思や心さえも盗み去っていくのだろうか。盗み出したことさえも気付かせぬままに。

「それにしても」

するとシエスタが、押し黙っていた俺に声を掛けた。

「君は進んでこの件を解決しようとしてるんだ。昔は、私がなにか仕事を持ち込もうとしたらあんなに嫌そうにしてたのに」

成長したね、と。シエスタは少し背伸びをして俺の頭を撫《な》でる。

「いつの間にか背も伸びてる」

そう言いながらシエスタは、なぜか淋《さび》しそうな笑みを浮かべる。

「……やめろ」

俺はその手を振りほどこうとして、かつての後悔が頭をよぎり、そのまま腕を下ろした。

確かにシエスタの言う通り、この《怪盗》にまつわる一件は、必ずしも俺たちが解決しなければならない事案ではない。わざわざ風靡《ふうび》さんが持ちかけてきたということは、《名探偵》になにかしらの期待があったのかもしれないが、それでも誰かに強制をされたわけでもない。それでも、俺が自らこの件に首を突っ込む理由は——

「俺が仕事にやる気があるように見えるのは、今回の件が特別だからだ」

「特別?」

シエスタは俺の頭をわしゃわしゃとしながら首をかしげる。

……そろそろ止《や》めさせないと外を歩けない髪型にされるな。

「ああ。ミアに聞いた話によれば、かつて《怪盗》はシードのために《聖典》を盗み出す条件として、ある対価を求めたらしい。もしかするとその対価というのがシードの《種》

で、それが今回の事件の謎を解く鍵になっているんじゃないかと思ってな」

つまりは今回の件もまた《原初の種》にまつわる世界の危機の延長戦ではないか、というのが俺の考えだった。もしそうであれば、この事件はその担当である《名探偵》とその助手が引き受けるべきだ。

「――そっか」

そうしてシエスタは納得したように俺の頭から手を引いた。

「にしても、だ。そもそも脱獄される前にもっと打てる手はあったんじゃないのか？」

なぜ今になってこうも慌て出さなければならないのか。俺は、他の《調律者》やその上にいるという連中に、つい不満を漏らす。

「それに、アルセーヌは《怪盗》の役職を剥奪《はくだつ》されたりはしなかったのか？　《聖典》を盗み出した時点でそういう措置が取られてもおかしくないとは思うが」

「私もこの一年ぐらいのことはあまり把握できていないけど、《調律者》の選定にまつわることは、最終的に上の人間の判断になるからね。アルセーヌを《怪盗》のまま獄中で生かしておくという裁定にも、なんらかの意味があったのかもしれない」

それが正しかったかどうかはさておき、とシエスタはこの話を締めくくる。

「でも、うん」

代わってシエスタは、俺の肩をぽんぽんと軽く二度叩《たた》く。

「君は昔より、多角的に物事を見られるようになったね。この調子で伸ばしていこう」

「……久しぶりに聞いたな、その腹立つ褒め言葉」

「だから」

シエスタはまっすぐな青い瞳を俺に向け、

「これからも君は、夏凪渚《なつなぎなぎさ》を隣で支えてあげてほしい」

俺の肩から左手を下ろしながらそう言った。

それに対して俺が返答をしようとした、その時だった。

「助手、そろそろ時間みたいだよ」

「時間？　……っ！」

陽《ひ》も完全に沈んだ暗い路地裏。

暗闇から、あるいは電灯の影から溶け出てくるように、その白い鬼は顕現する。

世界を守護する十二の盾が一人──《吸血鬼》スカーレット。

獲物を見定めるようにギラつかせた金色の瞳を俺の隣に向けたそいつは、赤い血の付着した歯を見せながらこう言った。

「久しいな──白昼夢」

◆白い鬼と、魂の在処《ありか》

闇夜に浮かぶ白いスーツに、血の色を思わせる赤いネクタイ。

この男の名はスカーレット——本物の吸血鬼。

数週間前、俺はテレビ局の地下駐車場でこいつに初めて遭い、それ以来は敵とも味方とも言いがたい距離を保っていた。

「やっと会えたね」

するとシエスタは目を細めるようにして、壁に背中をつけて佇《たたず》む吸血鬼を見つめる。

どうやらシエスタはここでスカーレットに会うべく時間調整をしていたらしい。吸血鬼は陽《ひ》の光が出ている限り外には出てこない。なにもシエスタは、ミュージカルで遊び気分だったわけではなかったようだ。

「ハッ、そうかそうか。そんなにもオレに会いたくて再び現世に蘇《よみがえ》ったか」

健気《けなげ》な女だ、とスカーレットは満足げに頷《うなず》く。

「違うから。あなたにたまたま用があって会いに来ただけだから」

「恥ずかしがる必要はなかろう、オレの元花嫁候補として」

「スカーレット、今なんて言った？　花嫁？　シエスタが？　誰の？」

「助手、話をややこしくしないで。そんなことで銃を引き抜こうとしないで」

……そうは言うが、二人の間になにかしらの因縁があったことは、以前のスカーレットの話しぶりからも間違いはない。たとえばシエスタが弱みを握られ、脅されているというような可能性も十分あるのだ。であれば助手としてなにか、こう、やるべきことがな？

「貴様も、思った以上にまた早く会ったな。人間」

そんなことを考えていると、スカーレットの視線が俺にも向いた。

「……ああ。お前に知恵を貸してほしいことがあってな」

しかし今はシエスタとこいつの因縁についてよりも、話さなければならないことが沢山ある。俺はシエスタと視線を交わし合い、早速本題へと入る。

「スカーレット」

と、シエスタが半歩分、吸血鬼に歩み寄る。

「目を覚まさない人間の意識を取り戻す方法を知らない？」

それが《発明家》に続いて、《吸血鬼》を頼ろうとしていた理由。

スカーレットは吸血鬼として、死者を生き返らせることができる。そしてその対象者は、生前抱いていた最も強い本能だけを宿して蘇生《そせい》する。言い換えれば吸血鬼は、人間の本能を……意識を吸い出すことができるのではないか──と。そんなスカーレットに対してシエスタは、いまだ眠ったままの仲間を目覚めさせる方法を尋ねる。

「人の魂はどこに宿ると思う？」

するとスカーレットは逆に俺たちにそう問い返す。

「脳か、それとも、そこか」

スカーレットの金色の瞳が見下ろす先には、シエスタの左胸がある。

人間の心や魂と呼べるものは、一体身体《からだ》のどこにあるものなのか。

仮に「心」や「魂」をもう少し具体的に「意識」と置き換えてみたところで、それでも、哲学、心理学、医学など、それぞれの学問で定義は異なってくる。思考に重きを置いた哲学、感覚に基づいた心理学、刺激と反応による機械的な判別による医学など、人の「意識」に対する捉え方は千差万別だ。

そんな中でシエスタに限って言えば、シードによる《種》が与えた影響か、彼女はその左胸にある心臓に意識を宿していた。一方その仇敵《きゅうてき》であったヘルは夏凪《なつなぎ》の裏人格として、恐らくは彼女の脳にもう一つの意識として眠っていた。であれば、その主人格である夏凪もまた、その意識は脳によって生じているのだろうか。科学的に言えばやはりそうなのかもしれない。

「…………」

気付けばスカーレットが俺を見つめながら、冷笑を頬《ほお》の隅に貼り付けていた。

「ヒトの意識の在処《ありか》。まあ、その正しい答えはオレも持ち合わせていないのだが」

すると一転、スカーレットはすかした顔をする。

散々もったいつけてお前も知らないのかよ。

「世界一無駄な時間だった……」

「この男はこういうことをドヤ顔でやるからね」

シエスタも呆《あき》れた目でスカーレットを見つめる。

「仕方あるまい。オレの作る《不死者》は勝手に本能を宿して生き返るだけ。そこにオレの意思は関係ない」

「お前がそう望んでやっていることではないと？」

「オレが望んでこう生きているわけではないのと同じことだ」

スカーレットはそんな意図の読めない返答をする。俺はその意味を問い返そうとして、しかし吸血鬼の美しくも恐ろしい横顔がそれを躊躇《ためら》わせた。

「ただ一つ、言えることは」

吸血鬼が再び口を開く。

「髪の毛一本だろうが歯の欠片《かけら》だろうが、肉体の破片さえあれば死者は生き返る。そういう意味で言えば、そのＤＮＡすべてに人間の本能は、意識は生じるものなのだろう」

そう言い終えた時にはもう、スカーレットはいつも通りの飄々《ひょうひょう》とした顔に戻っていた。

人の意識は、この身体《からだ》のつま先から頭のてっぺんまで血が流れるように全身を巡っている。明日を見るための瞳にも、誰かを守る剣を握る手にも、死してなお鼓動を止めない心臓にも、そのどれもに消えない意思が宿るように。

「コウモリは、死んだぞ」

そんな話をしているうちに俺は一人の仇敵の存在を思い出し、スカーレットにその事実を告げる。

俺がスカーレットと出遭った晩、奴《やつ》は当時利害の一致したコウモリと行動を共にしていた。それから紆余曲折《うよきょくせつ》ありコウモリは、スカーレットではなく俺や斎川《さいかわ》たちの味方になり、やがて本懐を果たすようにシードと戦い、散っていった。

「そうか」

スカーレットは特別なにか感慨に浸るわけでもなく一言そう呟《つぶや》くと、

「あやつの一部を持ってくれば、蘇《よみがえ》らせることはできるぞ」

恐らく悪意はなく、ただ吸血鬼としては当然のことのようにそんな提案を申し出た。

「いや、大丈夫だ」

死者の代弁をするまでもなく、あいつは絶対にそれを望まない。なぜなら。

「もうコウモリの願いは叶《かな》ったんだ」

だから、あいつはもう戦う必要はない。

このまま安らかに眠ったままでいてほしかった。

「そうか。オレには分からぬが、それはきっと良いことなのだろう」

遠くを見つめるスカーレットの、銀色の髪の毛を夜風が揺らした。

「もう一つ、あなたに訊《き》いておきたいことがあってね」

するとシエスタが、俺に代わってスカーレットに尋ねた。

「昔、《怪盗《アルセーヌ》》が《原初の種《シード》》とどんな取引をしたかあなたは知らない？」

それは俺たちが今抱えるもう一つの課題。アルセーヌは《聖典》を提供する代わりに、シードからなにを対価として受け取ったのか。それが一連の事件の謎を解き明かすヒントになり得るかもしれない。

「さあな。あの退屈な会議にも久しく出ていない以上、その辺りのことはオレの知るところではない」

だがスカーレットは肩をすくめ、またしても俺たちの求めていた答えを提示してはくれなかった。

「それに、オレはオレの敵にしか興味はないものでな」

それは《調律者》としての《世界の敵》のことなのか。あるいは――

「スカーレット、お前はなにと戦っているんだ？」

俺の問いに吸血鬼は答えない。

ただ金色の瞳は、遠く浮かんだ夜の月を眩《まぶ》しそうに眺めていた。

「ああ、ただ一つ言っておくべきことはあったな」

しかしスカーレットは、ふと思い出したように再び顔をこちらに向けた。

「《怪盗》のことは知る由もないが、すでにこの世になき《原初の種》の情報なら開示してもよかろう」

あやつを倒した褒美だ、と言ってスカーレットは相変わらず偉そうに笑みを浮かべる。

「オレが《原初の種》と交渉を行った時、奴《やつ》はオレに『太陽を共に消さないか』と持ちかけてきた」

それは恐らく以前スカーレットが言っていた、シードに共闘を持ちかけられたという出来事の話だ。その時どんな交渉が行われたのか俺はスカーレットに尋ねたのだが、当時は結局はぐらかされて聞けぬままだった。

「やっぱりそれか」

実は《原初の種》の弱点が太陽の光であると判明した時、その可能性にはなんとなく気付いていた。同じく太陽を苦手とするスカーレットに、シードは交渉を持ちかけたわけだ。

「けど、なぜ断った？　吸血鬼にとっては悪い話じゃなかったんだろう？」

「ああ。なかなか愉快なことを言うものだと、その口車に乗るのも一興かと思ったが」

するとスカーレットは俺からシエスタの方に視線を移し、

「ひなたぼっこをしながら昼寝ができなくなる、元花嫁候補を不憫《ふびん》に思ってな」

その口元をふっと緩めたのだった。

「……まあ。シエスタの寝顔を見た回数なら俺も……」

「助手、そこで君が張り合う意味は分からないから」

張り合ってなどいない、ただ事実を述べただけだ。

しかし、これでスカーレットに訊《き》くべきことはすべて尋ね終えた。夏凪《なつなぎ》の意識についても、《怪盗》の話についてもこれ以上の進展はないだろう。そう思い俺は、そろそろ戻ろうとシエスタに合図を送る。

「今の《怪盗》はなにをしでかすか分からない。あなたも気を付けて」

シエスタがそうスカーレットに言い残すと、奴《やつ》は「夫への気遣いがよくできる女だ」と満足げに呟《つぶや》く。誰がシエスタの夫だ、ぶっ飛ばすぞ。

「だが確かに、最近きな臭い動きがあるのは確かだな」

ふと、スカーレットがその金色の眼《め》を糸のように細めた。

「一ヶ月ほど前、ある男の死体がオレのもとに届いた。百万ドルで買い取らないか、とな」

それはまるで臓器売買のような話であり。だがそのように人の死体を売り買いする行為は、死者を生き返らせることのできる吸血鬼にとっては、恐らくこと大きな意味を持つ。

「その死体は、普通の人間ではなかったと？」

話の流れを察して俺はスカーレットに尋ねた。

「ああ。結局オレはその取引には応じなかったが、確かにその値段がつく価値はある人物だっただろう」

そうしてスカーレットは、一ヶ月前に見たというある死者の存在を口にする。

「それは《革命家》フリッツ・スチュワートの遺体だった」

◆次の物語へ幕は開く

それから翌日、俺とシエスタはとある建物の一室にいた。

時刻は午後四時を過ぎた頃。

来客用のソファに並んで腰掛け、約束を交わした人物が来るのを待っている。

「それにしても、君もいい推理をするようになったね」

シエスタは持ち込んだティーセットで紅茶を嗜《たしな》みながら、俺をそう評価する。

昨晩スカーレットと別れた後、俺は《怪盗》にまつわる一連の事件についてある仮説を立て、ホテルに戻って夜通しシエスタと話し合った。そうして一つの結論を導き出した俺たちは今、その答え合わせをするためにとある人物が来るのを待っている。

「昨日夜道で歩いてる時も成長は感じてたけど、まさか戦いの中でさらに進化するタイプだったとはね」

するとシエスタは、俺をまるでバトル漫画の主人公のように讃《たた》える。

「いつの間にかすっかり成長して。君のおしめを取り替えてた頃が懐かしいよ」

「そんな時期があってたまるか。それを言うならお前の方が赤ん坊だろ、今日もどれだけ寝坊した？」

昨日に引き続きシエスタは朝になっても昼になっても目を覚まさず、夕方になって俺が何度も身体《からだ》を揺すってようやくベッドから這《は》い出《で》る有様だった。

「たまにはいいでしょ」

しかしシエスタは俺の皮肉を澄まし顔で受け流す。たまにじゃないから問題にしているんだが。

「それに相手も忙しくて、この時間しか取れなかったんだから」

「まあ、確かに間に合いはしたが……」

そんな会話をしていると、唐突に扉が開いて人影が入ってきた。ノックはない。だがそれも当然のこと。彼はこの部屋の――執務室の主人だ。

「待たせてしまったかな」

男の名は、フリッツ・スチュワート。

高級スーツに身を包み、表向きのビジネススマイルを浮かべながら、俺たちの正面ではなく部屋の奥にある自分の席へと座る。一昨日《おととい》の、連邦会議以来の邂逅《かいこう》だった。

「すまない、仕事が溜《た》まっていてね。このまま話をさせてもらうことを許してほしい」

そうして《調律者》だけではなくこのニューヨークの市長を務めるフリッツは、パソコンを開き忙《せわ》しなくキーボードを叩《たた》く。

「諸々《もろもろ》の事件の対応か？」

「……ああ。そうだ、フウビ・カセに聞いたよ。君たちが先日、そのうち一件を解決してくれたと」

フリッツは一瞬顔を俺たちの方に向けると「協力感謝する」と微笑《ほほえ》みかける。

それはこのニューヨークで起こっていた《怪盗》アルセーヌを解放せよというテロ事件のこと。この街で市長を務めるフリッツは今なおその対応に追われているわけだ。

「彼女は相変わらずお節介だね」

するとフリッツはそう苦笑しながら風靡《ふうび》さんのことを揶揄《やゆ》する。

連邦会議でも話題に出たが、風靡さんは自分の仕事の本分を超えて《名探偵》に手を貸し、今回もまた《怪盗》の件を独自に追っているようだった。

「それで？」

と、フリッツは手元の書類にペンを走らせながら俺たちに訊《き》く。

「この《怪盗》にまつわる一連の事件について新たに判明した事実があると聞いたが」

そう、俺たちはその話をするためにこの男のもとを訪れていた。

「ああ、実は《怪盗》の居場所が分かってな」

俺がそう言った瞬間、フリッツの手の動きが止まった。

そして彼は目線を上げ、怪訝《けげん》そうに眉を顰《ひそ》める。

「脱獄した《怪盗》の居場所が、もう分かったと？」

「名探偵とその助手を舐《な》めてもらったら困るな」

とは言えそれも、他の《調律者》の言動をヒントにして辿《たど》り着《つ》けた答えだが。

「では、聞かせてくれ」

フリッツのエメラルドグリーンの瞳が俺たちに向く。

「《怪盗》アルセーヌは今、どこにいる？」

「そこだよ」

それに対して俺はぶっきらぼうに言う。

ただ代わりにシエスタの手には小さな丸い手鏡が握られていて。その鏡面にはきっと自分でも気付いていなかったのだろう、氷のように冷たい目をした男の姿が写っていた。

「――私が《怪盗》？　おかしなことを言うね」

だがフリッツは鏡の自分から目を逸《そ》らすと、再びキーボードを叩《たた》き始めた。

「ついこの間、自己紹介をしたはずだよ。私の名前はフリッツ、役職は《革命家》だ」

そして視線を合わせることもなく、俺とシエスタの仮説を否定する。

「いいえ、あなたはフリッツ・スチュワートじゃない。だって」

俺の隣でシエスタが手鏡を仕舞《しま》いながら言う。

「フリッツ・スチュワートという男はすでに死んでいる。そして《怪盗》であるあなたは、その死んだ《革命家》に成り代わった」

それは昨晩、スカーレットが口にしていたこと――《革命家》フリッツ・スチュワートはすでに死んでいる。であれば、一昨日《おととい》俺たちが会議で会ったあの《革命家》は一体誰だったのかという話になる。普段、俗世から離れ、連邦会議にも顔を出さないはぐれ者であるスカーレットは、そのような偽物がいることを知らなかったようだが。

しかし確かなことは、誰かが《革命家》フリッツ・スチュワートに成り代わってあの場に立っていたという事実だった。

「では仮に、このフリッツ・スチュワートという男が偽物だったとして」

するとフリッツは……いや、フリッツを名乗っていた男は、キーボードを打つ手を完全に止める。

「なぜその正体が《怪盗》であると断定できる?」

ああ、その疑問は当然だ。同じ《調律者》同士であるゆえに入れ替わりもしやすいだろうから、というだけの推理ではきっと誰も納得はしない。だけど《怪盗》であれば、このような入れ替わりが容易になる、ある理由が存在する。

「《怪盗》は、シードの《種》を使ってフリッツの姿に変身できるからだ」

それが俺の考える、《怪盗》アルセーヌがかつて《聖典》を盗み出す代わりにシードから受け取った対価の正体。そうして奴《やつ》は同じ《調律者》であったフリッツの姿に変身して、《革命家》という役職を盗んだのだ。

「さらに言えば、これまで《調律者》の誰もがあなたの入れ替わりに気付かなかったこと自体が証拠にもなる」

そしてシエスタも、この偽フリッツの正体がアルセーヌだと推測できる理由を語る。

「あなたは一ヶ月もの間フリッツ・スチュワートに成り代わり、あまつさえその状態で《調律者》の集う連邦会議に出席し、司会役として大胆に振る舞っていた。それでも私を含めて他の《調律者》が誰一人として革命家の入れ替わりに気付けなかったのは、あなたの怪盗としての超然性によるものとしか考えられない」

それは決してシエスタが自分の、あるいは他の《調律者》の面々の観察眼を過信しているわけではない。数々の《世界の危機》にも対処してきた彼女たちには、確かにその実力は兼ね備わっている。それでも《革命家》という役職が盗まれている事実を誰一人として疑えなかったのは——敵が《怪盗》アルセーヌであったから。

『アルセーヌになにかを盗まれた者は決してその事実に気付くことはない』

それはまさに昨晩シエスタが口にしていたことそのままだった。

「なるほど。それに気付けたのは君が《特異点》であったがゆえ——と考えるのは、些《いささ》か短絡的すぎるかな」

机に向かって座ったままの男は、どこか余裕すら感じさせる微笑を口元に貼り付け、さらにこう続けた。

「では、どうして僕はフリッツに成り代わる必要があったと思う?」

やわらかな声音だった。まるく、あたたかく、ここちよい。一人称が変わったことすら一瞬気付かなかったほどに、俺はその大いなる声に包まれた。例の会議で度々聞かされていた冷たい声色とはまるで違う——これが奴《やつ》の本当の、こえ。

「——助手」

水の入った風船が裂けるように、意識が音を立てて覚醒した。

隣には見慣れた姿の相棒がいて、俺は唐突に今自分がやるべきことを思い出す。そうだ、この男はすでに自らの正体が《怪盗》アルセーヌであることを告白している。だがそれでも奴《やつ》はあくまでも冷静に、俺たちに対して入れ替わりの動機を語らせようとしていた。

「《怪盗》アルセーヌ」

シエスタは、フリッツの姿をしたままの男にそう呼びかけた。

「あなたが姿を変えてフリッツ・スチュワートに成り代わっていた理由は――メディアを通して世界中の人間を洗脳するため」

それはあくまでも仮説に過ぎないのかもしれない。だが確かにアルセーヌは特殊な技術により他者を操ることができる。であればその力を最大限発揮するためにフリッツ・スチュワートの姿に成り代わり、世界中に自分の声を広めていたのではないかと考えられた。

「――なるほど」

アルセーヌはそう吐息を漏らすように呟《つぶや》き、しばらくの沈黙が部屋には降りた。

「一点だけ、誤解を生まないように言っておこうかな」

だがそれから口を開いたのは、再びアルセーヌだった。そうして机の上で両肘をつき、顎の前で指を組むと、

「《革命家》フリッツ・スチュワートの死について、僕は一切関与をしていないんだ。ただ、タイミング良く逝去した彼に、成り代わっていただけに過ぎない」

柔らかなさざ波に包まれるような声で、人の死に自らは関わっていないと主張する。

「だったら、あなたの目的はなに？」

するとシエスタが腰を上げ、アルセーヌの前に立ちはだかった。

今彼女が言っているのは、《怪盗》が《革命家》に成り代わった理由ではない。それについてはもう、俺たちが明かした通りだ。

「フリッツ・スチュワートは一ヶ月前にはすでに死んでいて、それでも彼はずっとメディ

アに出続けていたように見えた。ということは、あなたは少なくとも一ヶ月前には脱獄を果たし、《革命家》フリッツ・スチュワートに成り代わって生きていた」

だったらなぜ、とシエスタは問う。

「あなたはずっと塀の外にいたにもかかわらず、一体なんのために見ず知らずの人間を操って、自分を解放するように扇動していたの？」

それは昨日の夜道で、一度はあり得ないと切り捨てた問いだった。すぐにでも脱獄できる環境にあるとしたら、わざわざ塀の外の人間を協力者に選ぶ意味がないだろう、と。

だが事実アルセーヌはいつでも脱獄ができるどころか、一ヶ月前にはすでに地上で自由の身だった。であれば、なぜ奴《やつ》はロンドンやニューヨークで人々を操り、意味もなく自分を脱獄させるための活動をさせていたというのか。

そんな当然の疑問に対して、アルセーヌは――

「意味がないということが、僕にとってはなにより意味のあることなんだ」

禅問答のような、理解しがたい回答を口にする。怪訝《けげん》な顔を浮かべるシエスタや俺を見て、アルセーヌは「分からないかい？」とこう続けた。

「他者の命令によって人はどれだけ意味のないことを実行できるか、その実験だよ」

それはまるで、論理の外側にあるような思考実験。確かな経験とロジックに裏打ちされた思考を持つシエスタにとっては、まさに天敵。怪盗と、探偵――両者は古《いにしえ》より矛と盾のように相反する存在として、戦う運命にあった。

「そんな実験、続けさせると思う？」

だがその因縁にあって、探偵が矛を持つこともある。

俺と共に立ち上がったシエスタは、馴染《なじ》みのマスケット銃を敵に向けていた。

「安心してほしい」

しかしアルセーヌは向けられた銃口を気にも留めず、ゆったりとした口調で語る。

「すでに実験は終えて、十分な統計も取れた。それらはきっと、また次に繋《つな》がる」

「だから、次なんてもんは……」

「それに」

アルセーヌは俺の言葉を遮りながらその場に立ち上がる。

「僕が《原初の種》から貰《もら》った《種》はあくまでも欠片でね。余計な副作用が起きにくい代わりに機能が限定されている。ゆえに、このままだとこの姿も保っていられないんだ。そろそろ行かないと」

「……種の欠片《かけら》？　そんなもののためにお前は連邦憲章を破って《原初の種》にまつわる《聖典》を盗み出したと？」

俺がそう訊《き》いた瞬間、なぜかアルセーヌは一瞬失望したように瞳を細めた。

「僕は決して盗んだことを盗まれた相手には悟らせない。にもかかわらず君たちは、僕が

《原初の種》の《聖典》を盗んだことを知っている。それを疑問には思わないのかい？」

君たち自身が僕に言っていたことのはずだ、とアルセーヌは窘《たしな》めるように言う。

確かに、俺たちはアルセーヌが《聖典》を盗んだことを知っている。だがそれはシエスタやミアが事前にそう仕向けていたからであり、特別違和感が残るものでは──

「──まさか。あの日、あなたが盗んだのは《原初の種》の《聖典》だけではなかったということ？」

シエスタは銃口を向けたまま、アルセーヌの動きを止めるようにそう詰問した。

「……そうか、アルセーヌには別の目的があったのか」

シエスタやミアは、アルセーヌが《聖典》を盗み出そうとしていることには気付いていた。ゆえに十分過ぎるほど警戒だってしていたはずだ。にもかかわらずアルセーヌはその包囲網を掻《か》い潜《くぐ》り、《原初の種》にまつわる《聖典》に加えて、別のなにかを盗み出した──シエスタやミアにそれを一切悟らせることなく。

「じゃあ、むしろあなたの狙いは最初から──」

シエスタの青い瞳が引き絞られる。アルセーヌの行動を利用していたはずが、むしろ自分たちが利用されていたのだと、今ようやくシエスタは気付いた。

「ただ漫然と対価を手にするのは性にはあわない。真に欲しいものはこの手で盗み出す」

そうしてアルセーヌは俺たちの脇を通り過ぎていく。

「逃げられると思うのか？」

シエスタに続いて俺も敵に銃を向けた。

「逃げる？　僕はただの一度も、誰からも、逃げようと思ったことなんてないよ」

その時、耳元でカチャという不気味な音が鳴った。

「ただ、誰も僕に追いつけないだけだ」

そうして視界にちらつく黒塗りの銃。俺もシエスタも、突如現れた男たちから後頭部に突きつられた銃口によって、否応なしに両手を上に挙げさせられた。

「……こいつらも操られてるのか」

姿格好を見るに、どうやら彼らは市の職員たちらしい。

恐らくは、アルセーヌの能力で操られて――

「違うよ」

アルセーヌが一瞬、その場に立ち止まった。

「彼らはみな、自らの意思で僕に協力してくれているんだ」

だがそんなふざけた解釈を言い残して、俺たちを置いて一人扉の方へと向かう。

「あなたもこの前、聞いてたと思うけど」

けれど、そんな敵を一人の少女が再び呼び止めた。

スーツ姿の男たちに銃を突きつけられ、それでも彼女は……シエスタは、立ち去ろうとする敵に向かって背中越しに言う。

「もうすぐ私の代わりに新しい《名探偵》が就任する。彼女の激情は、いつか絶対にあなたを捕まえる。夏凪渚《なつなぎなぎさ》は、人の心を利用する敵にだけは決して負けない」

そんな《名探偵》による宣誓布告に対して、《怪盗》は。

「その激情を盗み取るのが楽しみだ」

どこか弾んだような声を残して去って行った。

◆彼女と過ごした、あの目も眩《くら》むような三年間は

そうして《怪盗》アルセーヌとの対決を終えた後、俺とシエスタはまっすぐ宿泊先に帰る前にレストランへ立ち寄っていた。夕食を取りつつ、アルセーヌを捕まえ損ねた反省会をすることが目的だったのだったが……。

「ほどほどにしとけよ、シエスタ」

その細い身体《からだ》のどこに食べたものが入っているのか。シエスタは綺麗《きれい》な所作で、だが目まぐるしいスピードで次々と皿を空けていく。アルセーヌについて話している暇もない。

「でもほら、食べられるうちに食べておかないと」

「なにが『ほら』だ。飯ならまたいつでも食えるだろ」

俺の言うことを聞かず再びメニュー表に目を通すシエスタ。そんな彼女に俺は呆《あき》れつつ

……しかしどことなく懐かしさを感じていたのも事実だった。

かつてずっと一緒だった俺たちはいつもこうして食卓を囲み、依頼についての話し合いをしたり、今後の仕事の計画を立てたり、はたまた他愛のない話をしたり……いずれにせよあの三年間で一番思い出される光景は、こうして美味《おい》しそうになにかを食べているシエスタかもしれない。

「そういえば、君の一番好きな食べ物ってなに？」

次の料理が運ばれてくるまでの間、ふいにシエスタがそんなことを訊《き》いてきた。

「なんだ？　その知り合ったばかりの他人同士みたいな会話は」

「いや、意外とそういう話ってしたことないなと思ってね」

なるほど、確かに言われてみれば。俺たちはいつも肝心なことや基本的なことはまるで話さず、互いに軽口ばかり叩《たた》いてきたように思える。

「そういえば俺は、お前の本名も出身も年齢も知らないんだった」

「それを言うなら私も、君の本心なんてものを聞いたことはほとんどないけど」

ああ、違いない。だけどそれを詮索し合わずとも、俺たちは隣を歩いて、時に背中を合わせながら互いのことを理解してきた。そしてそれが正しいか、間違っているかなんて、これまで俺は考えたこともなかった。

「基本的には、味が濃ければなんでもいいところはある」

だからと言うわけではないが、今さら俺はさっきのシエスタの質問にそう答えた。

「味の濃い食べ物って。ジャンルですらないんだ」

「とりあえず味がしっかりついてさえいれば、満たされたような気になるからな」

あの三年間は特に、ピザであったりジャンクな食べ物ばかり口にしていた。……だからだろうか。そのインパクトの強い味に紐付《ひもづ》くように、シエスタとの強烈な思い出ばかりが頭に残っていた。

「そう言うシエスタはどうなんだ？」

「うーん、難しいね。私は嫌いなものがないから」

俺が訊《き》くと、シエスタはグラスに伸ばしかけた手を止めた。確かに記憶を辿《たど》れば、シエスタはどんな料理でも美味《うま》そうにぱくついていた気がする。唯一、俺が下手なカレーを作った時は顔を顰《しか》めていたが……。一番これが好き、というものがあるわけではないのか。

「でも、もしも人生最後の晩餐《ばんさん》を考えるとしたら」

するとシエスタは、俺の質問に対してそんな例え話を用いながら、

「一緒にいて、一番楽しい人と食事をしたいかな」

薄く笑って、最初の問いとは少しずれた答えを口にしたのだった。

「……食い過ぎた」

俺は着の身着のまま、ホテルのベッドに仰向《あおむ》けに倒れ込む。

「ふふ、くっきりお腹《なか》出てるね」

　一方シエスタは俺以上に皿を空けていたはずだが……食べたものはどこに消えているのか、クールな微笑《ほほえ》みを湛《たた》えながら窓際の椅子に腰掛ける。というわけで、ようやく長時間のディナーを終えて、俺とシエスタは宿泊先のホテルへ戻ってきていた。……そして、ようやくと言えばもう一つ。

「にしても、珍しかったな。お前があっさり引き下がるなんて」

　ベッドの上。俺は天井に顔を向けながら、改めてアルセーヌの件についてシエスタに喋《しゃべ》りかける。遡ること数時間前、あの執務室にて男たちに取り囲まれてしまった俺とシエスタは、結局《怪盗》を逃がしてしまった。

「アルセーヌがどんな手段を用いて、あの人たちを従わせてたか分からなかったからね。実力行使というわけにはいかなかったんだよ」

　……そうか。あそこで一旦引いておかなければ、奴《やつ》が彼らにどんな命令を下すか分からなかった。あの場にいる全員の安全を確保するには、手も足も出ないフリをするしかなかったわけだ。

「それに、私が負けたとしても名探偵は負けてない」

　シエスタが意志の籠もった声で言う。

「いつか必ず、夏凪渚《なつなぎなぎさ》が怪盗を倒すよ」

「……ああ。これで、あいつを目覚めさせなきゃいけない理由がまた増えた」

　人の心を支配しようと企《たくら》む敵を、あの少女が許すはずがない。

夏凪渚——彼女の激情ならば、きっと。

「でも、それは君にとっての一番の理由ではない」

ベッドが軋《きし》む音。俺の身体《からだ》を跨《また》ぐようにしてシエスタが俺の顔を覗《のぞ》き込む。

「君が夏凪渚を目覚めさせたい理由は、ただ、君がもう一度彼女に会いたいから」

「……勝手に人の心を代弁しようとするな」

「でも、合ってるでしょ？」

薄暗い部屋。カーテンから漏れる月明かりに照らされて、シエスタの微笑《ほほえ》みがより艶《あで》やかさを纏《まと》う。

「……さあな」

誤魔化《ごまか》す必要などないと分かっていて、それでもシエスタに見透かされているのがむず痒《がゆ》く、思わず顔を逸《そ》らした。

「男のツンデレは流行《はや》らないよ？」

「余計なお世話だ」

しかし今日のシエスタはそれで追及の手を緩めてはくれず。

「じゃあ渚の好きなところを一つ言ってみてよ」

なにが「じゃあ」なんだよ。というかつい三週間前にも同じような状況があったな。

……であれば、今回も一応答えなければ不平等か。

「……夏凪な。まあ、なんだ。あいつは、その……可愛《かわい》い、だろ」

「………」

なぜ無言。あれか、最初は性格のこととかを言うべきだったのか。

「いや、君の口から『可愛い』って言葉を聞くと、なんだか身体がぞわっとする」

「理不尽だ」

そんなことで鳥肌を立てるな。

普段言わないことを頑張って言ったんだ、むしろ褒めろ。

「ふふ。けど、よく考えると面白くなってきた」

「面白くなるな。どうせ俺にとっては面白くないことだろ、それ」

「だって、君が今まで渚に悪態をついたり冷たくあしらったりしてた時も、実は心の中では『俺のパートナー、超可愛いぜ』って思ってたってことでしょ？」

「冷静な分析をやめろ！　そんな決め顔は作っていない！」

……くそ、夏凪。お前のせいで恥をかいたぞ。

「それだよ、それ」

「だから心を読むな」

そしてお前はいい加減、俺の上からどいてくれ。俺は隣のベッドを指差し、シエスタに移動するように指示する。やれ、ツインの部屋を取っておいて良かったな。

「……いや、今のジェスチャーはそういう意味ではなくてだな」

隣のベッドではなく、なぜか俺の横に寝そべり始めた名探偵。こんなにも察しが悪いやつだっただろうか。

「ああ、そうだったんだ。それは気付かなかった」

そんなわけもなく明らかにわざとだった。

シエスタは棒読みでそう言いながら、俺の横顔を見つめて表情を緩める。

「なにが目的だ？」

「あまりに君が渚《なぎさ》の話ばかりするものだから嫉妬してしまって……っていうのはどう？」

「もっと感情が篭《こも》ってたら、思わず抱き締めてたかもしれない」

「君こそ言葉に感情が篭ってないけど？」

俺たちはそう言い合い、そしてどちらからともなく吹き出した。

「変わらないね、私たち」

「ああ、一年前のままだ」

灯《あかり》の落ちた部屋。狭いベッドの上で俺とシエスタは見つめ合う。

「まあ睡眠欲と食欲を満たしたお前が、残り一つを求めてくる可能性があるんじゃないかと実は内心警戒しているが」

「……だから私には二大欲求しかないんだって。しかも警戒って」

シエスタは不満げに目を細める。

「そうは言うがあの時、言ってなかったか？」

「あの時？」

それはもう、今から一ヶ月以上前になるのか。クルーズ船で暴走したカメレオンと戦った時、夏凪《なつなぎ》の身体《からだ》を借りたシエスタは俺にこう言っていたのだ。

「一度ぐらい、俺となら寝てもいいと思ってた……ってな」

「………っ」

シエスタは一瞬バツの悪そうな顔を浮かべるも、

「……それなら君だって、そういうことは早く言ってくれって言ってなかった？　むしろ君の方がそういうことを望んでたように聞こえるけど」

まさかのつばめ返しをお見舞いされた。

あの時はまさか、またこうしてお前に会えるとは思ってなかったんだよ。

「だからどちらかといえば君の方が、私との一年ぶりの再会に感情を抑えきれなくなって抱きついてきたりするのかなと思ってたけど」

そしていつの間にか優位に立ったシエスタが、そう俺をなじってくる。……やれ。

「お前は自意識過剰なんだよ」

俺は、隣で寝ている彼女の額にでこぴんでも弾《はじ》こうとして。

「だって」

ふいにシエスタが淋《さび》しそうな表情を浮かべる。

「私のために、無茶《むちゃ》しすぎだから」

逆に、彼女の手が優しく俺の頬《ほお》に触れた。

……ああ、やはりバレていたか。俺が《種》を飲んでいたこと。

「たとえその身体《からだ》から《種》が取り除かれたとしても、一度それを摂取した以上、君もいつかその副作用に苦しむことになるかもしれない」

気のせいだろうか、シエスタの瞳が潤んでいるように見えた。

「たとえば、君が大好きな渚《なぎさ》のことが見えなくなったり、君が大好きな唯《ゆい》の歌が聞こえなくなったり、君が大嫌いなシャルと喧嘩《けんか》する声が出なくなったり、それでも君は——」

「構わない」

俺は隣に寝ているシエスタを抱き締めながら言った。

「構わないと思ったから、あの日俺はお前ともう一度会う未来を選んだ」

この身のなにを犠牲にしても、もう一度シエスタに会いたいとそう思ったから。

「悪いな。変わらないと言ったばかりだが、多少は素直になることを覚えたんだ」

そうしなかった時の後悔を、俺は二度も知ってしまったから。

「……バカか、君は」

シエスタの力ない声が俺の胸元で聞こえる。

「それじゃあ、まるで君は……」

だがその先の言葉は続かない。

ただ俺の腕の中で小さく身をよじりながら……やがて大きなため息をつく。

「……君はいつか誰かに刺されると思うよ」

いくらこの体質でも、そんな事件にだけは巻き込まれたくないな。

「突然なんの話だ」

するとシエスタが俺の腕の中からひょっこり顔を出す。

「ねえ」

そこには先ほどまでの湿っぽい空気は少しもなかった。

「そういえばあの時、訊《き》いてなかったんだけど。今なら答えてくれそうだから」

と、シエスタはそう前置きをして俺にこう尋ねてくる。

「君はあの三年間のことを、どう思ってたの？」

それもあの一ヶ月前のクルーズ船でのこと。

シエスタは敵の攻撃から俺を守りながらこう言った。

『君と過ごした、あの目も眩《くら》むような三年間は、私にとって、なによりの思い出だよ』

だが俺はあの時、彼女の言葉に対してなにも答えられないままだった。

そして俺は今、その問い直しを受けてもう一度答えるチャンスを得たのだ。だったら。

「そんなのは最初から決まってる」

どうせ暗がりではっきりとは見えまいと割り切って、俺はありったけの笑顔で言う。

「悔しいぐらい、楽しかった」

俺のその答えを聞いてシエスタは、

「そっか」

と、どこか安心したように呟《つぶや》くと。

今度は反対に俺を抱き締めながら言った。

「ありがとう」

ああ、そうだった。

それは一年前に交わした約束。

もう一度生きて会えたなら、その胸の中で甘えさせてくれ——と。

だから今、その願いは一年越しに叶《かな》ったのだ。

「ありがとうってなんだよ」

けれど俺はいつも通りそう軽口を叩《たた》きながら、シエスタの温《ぬく》もりに包まれる。

そうして重くなってきた瞼《まぶた》に逆らうことなく、俺は深い眠りに落ちていった。

——その翌朝。

俺が目覚めると、隣で寝ていたはずのシエスタはもう、いなくなっていた。

【第三章】

◆ルートXの本当の結末

「マームがいなくなったって、どういうことよ……!」

シャルが俺の胸ぐらを掴《つか》んで激昂《げきこう》する。

ブロンドの髪を激しく乱し、怒りに満ちた鋭い瞳を俺に向けた。

「……さっきも言った通りだ」

俺は抵抗することなく、ただ事実だけを告げる。

「シエスタはもう俺たちのもとに戻ってこない。そう手紙に書いてあった」

俺は昨日の朝の出来事を思い出す。目覚めてすぐ、隣にシエスタが寝ていないことに気付いた俺は、代わりに机に置かれていた一通の手紙に目を通した。そこに書かれていたのはいつもの彼女らしい軽口と、簡単な今までの礼、そして別れの言葉だった。

あれだけ連日夕方まで眠りこけていたくせに、いなくなる時は一瞬だ。ベッドの脇の壁には、見慣れたマスケット銃が立てかけてあった。まるでもうそれは、自分には必要ないと言わんばかりに。

そしてシエスタが残した手紙には、肝心な「彼女がいなくなる理由」が書かれていなかった。……いや、一応それらしい理屈はあるのだ。《名探偵》を引退し普通の探偵に戻るに当たって、これからは一人で旅をしようと思うだとか。助手として十分成長した俺には、いつか新たに《名探偵》になるはずの夏凪《なつなぎ》を支えてあげてほしいだとか。確かに彼女のその言い分は反論しがたい正論であり、だからこそそれは真実ではないと直感的に思った。

それはただの勘ではなく、あいつと三年過ごした経験がそう俺に告げていた。

しかしシエスタがもう近くにいないという事実は否定できない現実であり、その日のうちに彼女のマスケット銃だけを持って帰国した俺は、今日その報告を兼ねてシャルたちを呼び出していたのだった。

「――ッ、その置き手紙だけを見て、マームの真意もなにも分からないまま一人のこのこ帰ってきたわけ？　それじゃあキミヅカ、アナタ一年前となにも変わって……！」

「落ち着いてくださいシャルさん！」

そんな俺たちの間に一人の少女が割って入るようにして仲裁をする。

「君塚《きみづか》さん、もう一度聞かせてください。本当にシエスタさんは、君塚さんの……わたしたちの前からいなくなったんですか？」

揺れる瞳を俺に向けるのは斎川唯《さいかわゆい》。今俺たちがいる場所も彼女の邸宅の一室だった。

「歩けるようになったんだな。よかった」

つい先日までは車椅子に乗っていた斎川だが、今は自分の足でしっかりと立っていた。

「誤魔化《ごまか》さないでください。わたしのことよりシエスタさんのことを……」

斎川が少し怒気を込め、恐らくは俺を叱ろうとして……やめた。

「君塚さん、酷《ひど》い顔してます」

「はは、悪口か？」

「無理に軽口を叩《たた》く必要はありません」

座ってください、と斎川は俺に椅子を勧める。

「……今思えば、なんとなくその予兆はあったんだ」

そうして俺はふらりと椅子に座り込み、ここに来るまでに考えていたことを……最近のシエスタの言動に違和感があったことを、彼女たちに話した。

たとえばシエスタは無事に生き返ってからと言うものの、事あるごとに「時間がない」というようなことを口にしていた。しかしそれはシードを早く倒さなければならないことや、夏凪の目を覚まさせること以外に、なにか意味があったのかもしれなかった。

また口ではそう焦るようなことを言いながらもシエスタは、俺を遠い国へと連れ出してはまだ見ぬ《調律者》たちに引き合わせたり、あるいはミュージカルに誘ったり、唐突に思い出話を始めたり……けれどその言動の矛盾は一年前にも体験したことだった。

そして、なによりシエスタは《名探偵》の座を降り、夏凪を後任に指名した。たとえ《名探偵》をやめても探偵は続けられるとあいつは言っていたが、こうなってはあの引退の意味が違ってくる。

「もしかすると、シエスタは――」

「――ッ！　そんなはずがない！」

俺の話を一通り聴き終えたシャルが、下を向いて叫ぶ。

「本当にマームが生き返って、ようやく《原初の種《シード》》を倒して、これからきっと渚《なぎさ》も目を覚まして、それでやっとアナタの言うハッピーエンドに辿《たど》り着《つ》けるんでしょ!? なのにマームが……マームだけがまたいなくなるなんて、そんなことは……！」

「もしかすると、君彦《きみひこ》の推測は当たっているかもしれません」

その時、この部屋にもう一人の人物が入ってきた。

かつてのメイド《シエスタ》──ノーチェス。彼女は所用で遅れたことを詫《わ》びると、恐らくは俺の仮説を補強するための話を始める。

「シャーロットも言っていた通り、確かに《原初の種》は破壊されました。しかし、その種の破片はまだこの世界に残っています。──そう、シエスタ様の左胸に」

……ああ、そうだ。俺や斎川《さいかわ》、そして夏凪《なつなぎ》の身体《からだ》からは先日のシードとの戦いの中で《種》は取り除かれた。だがシエスタの心臓にはまだそれが残っている。これまでも彼女は、その《種》がもたらす力の恩恵を受けて、常人ではあり得ない身体能力を武器に世界の敵と戦っていたわけだ。

「けれど、シードの生み出す《種》は諸刃《もろは》。それを摂取したものは視力や聴力、あるいは寿命を《種》の養分として奪われます。そして、その果てには……」

「ちょっと待ってください！」

すると斎川が慌ててノーチェスの話を遮る。

「その続きは分かります。前にアルベルトさんが話していました、《種》に侵食されてしまった人間がどんな末路を辿るのか。だけどシエスタさんは元々、シードの器候補だったはずですよね？　だったら……」

「……そうか。シエスタは、完全な適合者じゃなかったんだな」

俺が言うとノーチェスは静かに頷《うなず》いた。

それは、かつてシエスタがミアと画策してシードを欺く以前のこと。元々の《聖典》にはシエスタがヘルに敗北するという未来が記されていた。その正史から読み取れる事実は一つ。シエスタはヘルに比べると、《原初の種》の器としては一枚落ちる。

『《原初の種》の唯、一、の、完、全、適、合、者、であった夏凪渚であれば――』

今になって、約一週間前に《発明家》スティーブンが何気なく口にしていた言葉が頭をよぎった。《原初の種》の器に最も相応《ふさわ》しかったのは夏凪であり、シエスタはいずれ心臓にある《種》に身体を蝕《むしば》まれる運命にあった――

「じゃあ、まさかマームは」

そしてシャルが決定的な一言を言う。

「自分がいつか怪物になる前に、消えようとしているってこと？」

そう、シードの《種》に身体を完全に蝕まれた者は自我を失い、怪物のような姿に堕ちる。以前クルーズ船で戦った暴走したカメレオンのように、あるいは最初から生物兵器として生み出されたベテルギウスのように。それが《種》に支配された者に訪れる最期。

シエスタは自分がいずれそうなってしまうことを分かっていた。だからそのタイムリミットが来る前に、俺たちの前から姿を消したのだ。

「ちょっと、待ってよ。もしもマームが、自分がいずれ怪物になることが分かっているとしたら、そうだとしたら……」

そんな時、シエスタがどんな行動を取るかは言うまでもない。

あいつは怪物になるその前に、自ら――

「……ッ！」

シャルが部屋を飛び出そうと駆け出す。

「どこへ行くんだ」

「決まってるでしょ！　マームを探しに……！」

「あいつは！」

思わず出た大声にシャルの肩が跳ねる。

「あいつは、すべて分かってこうすることを選んだんだ」

「だからって！　いずれ怪物になることが分かってるからって、自分で死を選ぶなんてことは……！」

「そうじゃない」

俺は床を見つめながらシャルに伝える。

「俺たちがどれだけシエスタを想《おも》っていたか、もう一度会えたことを喜んでいたか。あいつはそれを全部分かった上でこの選択をしたんだ」

「……ッ！」

だからこれは前回までとは話が違う。

確かに俺たちはシエスタの意思や思惑を超える形で、彼女を再び取り戻した。

だが今回、シエスタは俺たちのそんな想いをすべて知っている。知ってくれている。その上でこうするしかないと判断して、彼女は俺たちの前から姿を消したのだ。そんな名探偵の無言の意思を、俺は簡単に蔑《ないがし》ろにすることはできなかった。

「大丈夫、まずは落ち着きましょう」

ふと、暖かい感触が手に伝わる。

「手は握れる。肩も回る。呼吸はリズム。一度目を閉じ、深く息を吸い込み、吐き出す。血が巡る。目を開くと、濁っていた視界がクリアに映る」

それはいつもの斎川《さいかわ》のおまじない。彼女はだらりと垂れた俺の手を優しく取る。

「シエスタさんはシエスタさんの選択を下しました。だから次は君塚《きみづか》さんが選ぶ番です」

そして眼帯を取った彼女は、二つの色の瞳で俺を見つめる。

「……俺がまた、選んでいいのか？」

「当たり前です。君塚さんの人生ですから」

斎川《さいかわ》はなぜか泣き出しそうな笑顔で俺に声を掛けた。

けれど、俺の自己本位によって今の状況を引き起こしたことを思えば、そう簡単に答えを出すことはできなかった。

「ワタシたち、いつもこうだったわね」

視線を外し、そう淋《さび》しげに漏らすのはシャルだった。

「対立して、いがみあって、だからやっぱり失敗して、また仲が悪くなる繰り返し」

ああ、そうだったな。その度にシエスタに叱られて、バカか君たちはとため息をつかれ、それでも最後には微笑を浮かべて、探偵は俺たちに正しい道を示してくれた。だけど、そんなシエスタはもうここにはいない。すべては、俺の甘えた願いのせいで。

「シャーロット、悪かったな」

俺たちを明日へ導いてくれる存在は、もう——

「探偵なら、まだいるでしょう！」

シャルが怒りながら、あるいは泣きながら大きな足音を立てて近づいてくる。

そして俺の両肩に手を置き、思いの丈を叫ぶ。

「ワタシたちの仲間にはもう一人、探偵がいる！　だってあの日、彼女は言ったもの……自分こそが探偵だって、マームの遺志を、想《おも》いを継いだ名探偵だって！」

いつの日かのクルーズ船での光景が脳裏によぎる。あの時シャルは、決して夏凪《なつなぎ》を名探偵と認めなかった。シエスタの遺志を継ぐ者として、自分こそが相応《ふさわ》しいと考えていた。

だけど今、シャルは託した。眠り続けるもう一人の名探偵に、俺たちの……シエスタの未来を託したのだ。

「君彦《きみひこ》」

ノーチェスが俺を呼ぶ。その手には、車のキーが握られていた。

夏凪が眠る場所に、答えはあるのだろうか。もう一つのままならない現実を突きつけられるだけではないのだろうか。

「分からないのなら、行きましょう」 ──分からない。

かつてシエスタの身体《からだ》に意識を宿していたノーチェスは、背中越しにそう言った。

俺は彼女に名探偵の面影を感じて、気付けば足を踏み出していた。

◆依頼人と探偵代行

病室のドアを開けると、前と同じくベッドには一人の少女が横になっていた。

「ただいま」

俺はそう声を掛けながら、少女の寝顔を見つめる。

夏凪 渚《なぎさ》──あのシードとの最後の戦いを終えてから二週間、いまだ彼女は目を覚ます兆しは見せない。

「そう都合よくはいかない、か」

斎川やシャルに背中を押されてここへ来たものの、夏凪がちょうど目を覚ましていたなどという奇跡は起こっていなかった。それでも俺はただ彼女に話を聞いてほしくて、夏凪の近くの椅子に腰掛けた。

ここに来るのは四日ぶりのこと。ニューヨークに旅立つ前、俺は何度もこの病室を訪れていたが、その時は度々彼女を叱っていた。シエスタの代わりに犠牲になろうとしたことだけは、他の誰でもない、彼女の助手である俺が怒らなければならないことだった。

「分かってるのか、夏凪」

寝顔を見ているとまた思い出してしまい、つい俺は不満をぶつけてしまう。シエスタを取り戻したいとは言ったが、その代わりにお前がいなくなっていいはずがないだろ。

だが俺の怒りもどこ吹く風、夏凪は可愛《かわい》い寝顔ですやすやと寝息を立てていた。

「……夏凪、俺はどうしたらいいと思う？」

自然とため息が漏れ、また、彼女の枕元に置かれていた赤いリボンが視界に入った。

シエスタが生き返ったことで、代わりに夏凪が死んでしまって。それでも夏凪はアリシアと、そしてヘルの命や意思を受け継いで、もう一度俺たちのもとに帰ってきたはずだった。けれど彼女は今もこうして眠ったままで、そうしている間にも今度はシエスタが再び俺たちのもとを去り、恐らくはこの世界からも消えようとしている。

「なんなんだ、お前たちは」

どうしてこうも俺の心を乱す。悩ませる。

なぜ二人とも無事でいてくれない。元気に笑っていてくれない。

いつだってお前たち名探偵は――

「――いや、分かってる。俺が悪いということぐらい」

夏凪がこうなってしまったすべての原因は、彼女が内に秘めた意志の強さを俺が見誤っていたからだ。なにを賭してでもシエスタを生き返らせたいという俺の願いは、夏凪もまた同じく抱えているものだったのに。

そしてシエスタが……シードの《種》を宿した彼女がどんな状況に置かれていたかも考えず、俺は自分勝手な思いだけで彼女を生き返らせてしまった。その結果がこれだ。シエスタは自分がいずれ怪物になる前に、自ら姿を消そうとしている。

「たった二週間だ」

それは俺がシエスタに再会できた期間。それも前半は、シードとの戦いの影響により入院していたせいでほとんど喋《しゃべ》ることはできなかった。結局俺が多くを犠牲にして手に入れたのは、心残りを減らすための数日分の思い出づくりと、二度目の別れの悲しみだけだった。

「どうしたらいいと思う？　夏凪」

返事がないことは分かっていて、それでも俺はもう一度尋ねた。俺はシエスタに今まで言えなかったことを伝えて、シエスタもそんな俺の想《おも》いを受け止めてくれて……けれど、それでもなお彼女は、俺たちの前からいなくなる選択肢を取ろうとしている。

そのことに対して斎川は、シエスタがそういう選択をするのなら、俺もまた自分の選択をして構わないと言ってくれた。……だけど、本当にそれでいいのだろうか。いや、斎川《さいかわ》の助言が間違っていると言いたいわけではない。

ただ俺は、再びシエスタを否定することを躊躇《ためら》っていた。確かに俺は一度、自分の我を通してシエスタの思惑を超えた。だがその結果が今のこの現状であるのなら、嫌でも認めなければならない。俺よりもシエスタの決断の方が正しかったのだと。

「答えなら、もう出てるよな」

今の自問自答こそがすべてだ。俺が間違えていて、シエスタが正しかった。考えるまでもない、あの三年間、あいつはいつだって正しかった。間違えていたことなんて、ただの一度もない。

……だけど俺は一年前、シエスタが死んだあの日に思った。思ってしまった。一度ぐらい、間違えてほしかったと。当然、それは俺の幼い感情論に過ぎない。そんなことは誰に言われるまでもなく理解している。

「──それでも俺は、シエスタに生きていてほしい……ッ」

間違えていることなんて分かりきっていて、きっと俺のこの願いは傲慢以外の何物でもない。そんな風に望みだけは明確なのにもかかわらず、それを叶《かな》える手段が今の俺には思い浮かばない。唇を噛《か》みしめて、掌《てのひら》に爪を突き刺して、それでなにも変わるはずのない現状に、目の前が真っ暗になる。

「……俺は、どうしたらいい。名探偵」

唇を噛みしめてもなにも変わらないのなら、とせめてもの口を開いた。

そう。ここに来る前、打ちのめされた俺を叱るようにシャルは背中を押した。答えが出ないのなら、もう一人の名探偵を頼れ、と。

だから俺は、これが正しいことではないと分かっていて、それでも彼女に縋《すが》る。この掌に爪を突き立ててもなにも変わらないのなら、せめて──

「──頼む、名探偵。シエスタを、助けてくれ」

そして俺は凝り固まった拳を開き、ベッドで眠る夏凪渚《なつなぎなぎさ》の左手を握った。


「探偵代行でいいなら、引き受けてあげる」


ふと懐かしい声がした。

それはいつだったか、夕暮れの教室で交わした会話のようで。

あるいは、それに似た台詞《せりふ》を言ったのは俺の方だったかもしれない。

そして掴《つか》んだ左手に、きゅっと手を握り返される感覚がした。

「あの時もこうして、手を握ってくれたよね」

俯《うつむ》いていた顔を上げると、安心したように微笑《ほほえ》んだ少女が俺を見つめていた。

彼女のその言葉は、今度はあの日のことを思い起こさせる。今となってはもう一年以上前。当時はアリシアの姿をしていた彼女の手を、病院のベッドで握りしめたあの夜を。

「夏《なつ》、凪《なぎ》……？」

掠《かす》れた声をどうにか喉から絞り出す。

するとそんな俺の様子を見て、夏凪渚《なぎさ》は横になったまま苦笑を浮かべる。

「バカだね、君塚《きみづか》は」

それから彼女は繋《つな》いでいた手をゆっくり解くと、やがて俺の額を中指で弾《はじ》きながらこう言った。

「お見舞いに来ておいて、他の女の話ばかりしないでほしいんですけど？」

◆渚を、走り出す

「夏凪……」

再び俺は呆然《ぼうぜん》と彼女の名を呼ぶ。

夏凪渚——俺の同級生にしてパートナー。一度は死に別れたはずで、それからもずっと眠り続けていた彼女が今、俺の目の前で瞬《まばた》きをしている。

「うん、あたしの名前は夏凪渚。……へへ、久しぶり」

そして夏凪はゆっくりと上体を起こすと、おどけたように笑いながらピースサインを俺に向けてきた。

「って、あれ？　君塚、もしかして泣いてる？　あはは、そんなにあたしに会いたかった

ん……っ！」

俺はそんな夏凪《なつなぎ》を、力の限り抱き締めた。

「ちょ、え……へ？　き、君塚《きみづか》……？」

夏凪の慌てたような声がすぐ耳元で聞こえるが、顔や様子を確認していられる余裕はない。ただ今だけは、許されるならばずっとこうしていたかった。

「……っと、これはさすがに予想外なんだけど……いや、君塚？　……え、ええ～……」

夏凪は戸惑ったように、ぎこちなく身体《からだ》を固くする。

「ねえ君塚、キャラ大丈夫？　普段、こういうことするタイプじゃなくない？」

「……うるさいな」

だめだ、喋《しゃべ》ると鼻が詰まる。

せめて顔は見られないようにと、強く強く彼女を抱き締めた。

「……あーあ。もう、しょうがないな」

すると、ふわりと柔らかい感触が俺の背中を包む。

夏凪の両腕が俺を抱いていた。

「ああ、そっか。そうだよね、ずっとこうされたかったんだよね」

それはやはり、俺があの夕暮れの教室で夏凪と出会った時の再現のようだった。あの時彼女は自分の心臓の持ち主を見つけるために、探偵役として俺のことを探していた。しかし実はその時にすでに心臓の願いは叶《かな》っており、夏凪は身体が動くままに俺をその胸の中に抱いたのだ。

「えっと、なんだっけ？　あーあ、こんなに涙と鼻水まみれにして、それでも駄々《だだ》こねてまだ色んなプレイがしたいの？　だっけ」

「……っ、そこまで再現しようとしなくていい！」

俺は思わず彼女の腕を振り払い、ようやく互いに顔を見合わせる。

「ぷっ」

「ふっ」

そしてどちらからともなく笑い合う。

いつぶりだろうか、こうして夏凪の笑顔を見るのは。

「君塚、酷《ひど》い顔」

するとは夏凪は、今度は俺の赤くなった目を指摘する。

「そんなにあたしに会いたかったんだ」

そう、からかうように言う夏凪に対して俺は、

「ああ、会いたかった」

素直に自分の思いを告げる。

「会って、お前を怒りたかった」

「……う」

心当たりはあるのだろう、夏凪《なつなぎ》はバツが悪そうに顔を背ける。

もしも夏凪が目覚めたら真っ先に叱るつもりだった。自分の命を犠牲に仲間を救おうだなんて、そんなのが正しい解決であるはずがない。誰もが望む未来のはずがない。……けれど。

「でも、俺はお前に説教できる立場にはなかった」

俺がそう言うと、夏凪が背けていた顔をこっちに向けた。

もしも俺が夏凪の立場だったとしたら、同じことをした可能性を否定できなかった。事実、俺もシードの《種》を飲みこんだが、それはこの身を犠牲にする覚悟の上だった。

「それに、お前が生きてた嬉《うれ》しさの方が勝ってしまって、結局怒る気にはなれなかった」

「……なにそれ」

夏凪は呆《あき》れたように笑うと、それから、いつの間にか彼女の目尻にも溜《た》まっていた涙を指先で拭った。

「だけど、夏凪。どうして急に意識が戻ったんだ？」

無論それはなによりも喜ばしいことだが、やはり俺たちはそれを偶然の一言で片付けてはならない。俺はこの奇跡が起こった理由を彼女に尋ねた。

「なんで、だろうね」

夏凪は、ふっと視線を外すと病室の窓の外を眺める。

「意識を失ってる間、あたしはずっと綺麗《きれい》な波打ち際にいたんだ。昔みたいに、なにも見えない暗闇じゃなくて、どこにも行けない鳥籠じゃなくて……ただひたすらに透き通る青い海と裸足《はだし》で駆けたくなる白い砂浜。あたしはその波打ち際で、ずっと海を眺めてた」

それはきっと夏凪の中にある無意識の世界。だがそこは、かつてヘルに意識を支配されていた時とは違って、自分の使命を果たし終えたと思った夏凪が辿《たど》り着《つ》いた、ゴールとしての心象風景だったのだろう。

「でも、そうやって海を眺めてたあたしの背中を、小さな手が叩《たた》いたんだ」

そうして夏凪の右手が、自分自身の左胸に伸びる。

「振り返ると目の前に、不思議の国から飛び出してきたような、お人形さんみたいに可愛《かわい》い女の子がいて。でも必死になにかを喋《しゃべ》ってるんだけど、なぜか声は聞こえなくて」

夏凪はその時のことを思い出すように、左胸を……その奥にある心臓をギュッと握る。

そこにいるのが誰なのか、きっと夏凪ももう分かっていた。

「だけどそんな時、彼女の口から別の子の声が聞こえてきた。でもその声もあたしにとっては馴染《なじ》み深くて、切っても切り離せないもので……気付けばあたしはその声に従って動いてた」

……ああ、俺たちはいつだってそうだ。あいつが敵だった時も味方だった時も、俺たちはその声に動かされてきた。黄泉《よみ》を司《つかさど》る者の名を冠した彼女は、夏凪をこの世界に押し戻そうとしたのだ。そしてその言霊はあの桃色の髪の毛を持つ少女の声なき声を代弁した。

「彼女は、なんて言ってたんだ？」

俺が訊《き》くと、夏凪《なつなぎ》は顔を上げてこう答えた。


「——走り出せ、って」


その凛《りん》とした彼女の顔は、今まで見てきた夏凪渚《なぎさ》のどの表情とも違っている。心臓や記憶や意識の中に何人もの別の存在を宿し、そんな彼女たちの意思を今一心に引き受けた夏凪渚は、きっとまた生まれ変わった。何者でもない自分に苦しんでいた少女はもうそこにはいなかった。

「そこからは早かった気がする」

夏凪がふっと表情を緩める。

「この身体《からだ》が、あたしの全身の細胞が、あんたに会いたいって叫んでた。だからあの渚を走って、走って、走り切って、今追いついた」

あんたのもとに。

そう言って夏凪は、俺の胸あたりに向かって拳を軽く当てた。

「どうして俺に？」

「だって君塚《きみづか》、どうしようもないぐらい落ち込んでたんだもん」

眠っててても分かるぐらい、と夏凪は苦笑する。

「……だから、お前は」

あの晩、スカーレットは言っていた。人間の本能は、血が巡るように身体中のDNAに根付くものなのだと。吸血鬼が生き返らせる死者は、その本能を宿して蘇《よみがえ》るのだと。

夏凪の心や、魂や、意識が、彼女の身体のどこに眠っているのかは分からない。脳なのか、心臓なのか、その細胞一つ一つなのか。だが少なくとも、夏凪渚の本能がなんたるかは分かりきっている——探偵としての、激情だ。

ずっと何者にもなれなかった夏凪は、ある日探偵という役目を引き受けたことで自分が歩くべき道を見つけた。シエスタを追って、時には違う道を選びながら、それでも探偵としての矜持《きょうじ》を見失うことはなかった。

だから今、探偵《なつなぎ》は依頼人《おれ》の呼びかけに応じて目を覚ましたのだ。それは、あのクルーズ船でのカメレオンの戦いの時と同じ。夏凪の身体に意識として眠っていたシエスタは、俺の危機に目覚めてやってきた。そして今回も、夏凪は——

「お前ら、俺のこと好き過ぎないか？」

すべての憑《つ》き物が落ちたような気がして、俺はそんな軽口を叩《たた》いた。

「さて、それで今あんたが抱えてる問題だけど」

「……おい」

俺が思わず突っ込むと、夏凪は「ふふっ」と布団で口元を覆いながら笑った。

「残念ながら君塚のことが好きとかいうわけではないけど」

ああ、知ってるさ。俺だってお前やシエスタのことなんて全然これっぽっちも好きではないからお互い様というわけだ。

「でもあたしたちは、君塚《きみづか》に必要とされたらどこへだって駆けつける」

夏凪《なつなぎ》のルビー色のまなざしが俺に向いた。

「どんな常識も無視して、セオリーだってはみ出して、そのご都合主義を奇跡って言葉に置き換えて、あたしたちは君塚に会いに行く」

君がそれを望んでくれるなら、と。

夏凪は、今はここにいないもう一人の探偵の言葉を代弁した。

「……なあ、夏凪」

「ん？」

夏凪は優しく俺を見つめる。

「だったら、俺がもう一度、シエスタに会いたいと望めば……」

「とーぜん！」

すると夏凪はベッドに座ったまま、自信たっぷりに腰に手を当てた。

「そのために、君塚はここに来たんでしょ？」

「……バレてたか」

さすがは名探偵と言うべきか。夏凪は「こういうのはテンポよく行かなくちゃ」と、いつかどこかで聞いたような台詞《せりふ》を口にする。

「ていうか、さっき君塚が独り言呟《つぶや》いてるのも聞こえてたし」

「……だったらもっと早く起きてこい」

無駄に女々しいところを見られただけじゃねえか。

「要するに君塚は、シエスタが出した答えをもう一度覆してもいいのか、それを迷ってるのよね？」

ああ、その通りだ。俺たちの思いも願いも、今はその全部を知ってくれているシエスタ。そんな彼女が下した決断を、また俺の我《わ》が儘《まま》によって壊してしまってもいいのか。

「だったら」

そんな俺の迷いを、夏凪の声が切り裂いた。

「思いとか願いとか、そんなあやふやなものに頼らなければいいんじゃない？」

そうして彼女は唯一無二の激情という武器を自ら捨て去りこう言った。

「あたしたち全員でもう一度シエスタを超える。今度は感情だけじゃない——実力で」

そして俺たちの、名探偵を超えるための作戦会議が始まった。

◆この銃口が向かう先は

夏凪《なつなぎ》との会議を終え、その後できる限りの準備を整えた俺は——翌日、とある街へ出掛けていた。

「ほとんどそのままだな」

規制線を踏み越え、今は無人の街へと足を踏み入れていく。割れた地面に注意しながら歩いて行くと、やがて……かつてここにあったファッションビルを呑《の》み込んだ、一際背の高い大樹が現れた。

ここは二週間前、シードと戦闘を繰り広げた、植物で蹂躙《じゅうりん》されたあの都市。倒壊した建物も多いこの街は規制線が張り巡らされ、民間人は立ち入れない決まりになっている。そんな状況にあるこの地に俺が足を踏み入れた理由はただ一つ。

「よお、奇遇だな」

俺はそう一人の少女に、背中越しに声を掛ける。

彼女は、例の大樹を見上げるようにしてそこに立っていた。白銀色のショートカット、軍服を模したワンピース。どれを取っても見紛《みまが》うはずもない、この少女の名前は——

「なにをやってる、シエスタ」

俺が声を掛けると、少し前から準備はできていたのか、いつもの余裕な笑みを湛《たた》えて彼女は振り返った。

「また会うとはね、助手」

コードネーム、シエスタ。

一度は姿を消していた俺の相棒は、また今こうして目の前に現れた。

「まったく、お前は猫か」

死を覚悟した飼い猫は、その最期の時が来る前に飼い主のもとを去ると言う。

「誰が私の飼い主だって？」

するとシエスタはじとっとした目で俺を見つめる。

それから不満げなため息をつくと、

「どうやら私は嵌《は》められたみたいだね」

シエスタは、聳《そび》え立つ大樹を仰ぎ見るようにしながらぽつりと漏らした。

「《原初の種》の封印が解かれるって話を聞いてたんだけど？」

それが俺の整えた準備の一つ。仮にシエスタを説得するとしても、まずはシエスタ本人を見つけなければ話にならない。だが俺がシエスタに普通に電話をして「もう一度会いたい」などと言っても無意味なことぐらいは分かっていた。であればシエスタではなく、名探偵を呼び出せばいいと俺は考えた。

まだ夏凪がその座についていない以上はシエスタが《名探偵》であり、あいつは決して仕事だけは投げ出さない。ゆえにシードの封印が解かれる予兆があるという嘘を《巫女《みこ》》ミア・ウィットロックを通してシエスタに伝え、ここにおびき出したのだった。

「いつかは、そういう可能性もあるっていう話だろ」

「じゃあ、少なくとも今すぐの危険性はないんだね？」

「ああ、むしろそれは俺たち人類にとって無くてはならないものになるかもしれない」

俺は昨夜《ゆうべ》、風靡《ふうび》さんに聞いたばかりの話を伝える。

「なんでもその木からは、既存周期表にはない未知の原子が観測されたらしい。今からはその解析で忙しくなるんだと」

だからこその、この区域における関係者以外立ち入り禁止という処遇。《原初の種》が封印されたこの大樹は、果たして俺たち人類に今後なにをもたらすのか。

「そっか。じゃあ私の出番はないわけだ」

良かった、とシエスタは一言呟《つぶや》いてそれで話を……この物語を終わらせようとする。

「なにが良かった、だ」

踵《きびす》を返し、この場から立ち去ろうとするシエスタを俺は呼び止める。

「死ぬつもりか？」

俺が背中越しにそう声を掛けると、彼女はその場に立ち止まった。

「そう遠くない未来、私は怪物になるんだ」

振り返ったシエスタは、どこか淋《さび》しげな微笑を浮かべる。

「私が《原初の種》の器として最適ではないという可能性は、昔書かれた《聖典》を見たときに初めて気付いた。この身に眠る《種》はいつか私を侵食するのかもしれない、と」

「……あの三年、俺と旅をしていた間もその爆弾を一人で抱えてたっていうのか？」

「私の《種》は心臓に眠っていた。だからかな、なんとなく自分でそのタイムリミットは分かってたんだ。今はまだ大丈夫、だけどそのいつかは必ず訪れるって」

シエスタはそう語りながら左胸に手を添える。

「そして遠くない未来――いつも隣にいた君の姿が見えなくなって、君の声も聞こえなくなって、君と喧嘩《けんか》をするための声も出せなくなって、君のことを忘れてしまって」

いつか、君のことを殺してしまう。

だから、とシエスタはこんな時でも美しく微笑《ほほえ》む。

「私はその前に、この世界からいなくなる」

それは当たらなくていい、当たってほしくなかった俺の仮説。

だがその推理は今、シエスタ自身の言葉によって立証された。

「君たちの気持ちは、本当に嬉《うれ》しかった」

シエスタは、無言のままの俺に滔々《とうとう》と語る。

「簡単な言葉しか見つからないけど、ただ、嬉しかった。君たちが私のために怒ってくれて、泣いてくれて。そう、だからきっと私は……幸せだったんだ」

頭脳明晰《めいせき》、冷静沈着の名探偵。それがゆえにシエスタは、時に感情よりも理性を優先した。心を無にして結果だけを追い求めた。そんな彼女だったからこそ、今俺に伝えてくれたその言葉は、決して飾らない本物の感情に思えた。

「後悔はないと？」

それがどれだけ酷な質問か。それを分かって俺は彼女に問う。

「一年前は、あったかもしれない」

吹く風に白銀色の髪を流しながら、シエスタは微苦笑を浮かべる。

「あの時はまだ、君に訊《き》きたいことも残ってたから」

でも、とシエスタは髪の毛を耳にかけながら言う。

「君が私を大切に思ってくれていることが分かった。あの三年間を楽しんでくれていたことを知れた。そして私は思いがけずもう一度君の家に行くことができて、一緒にピザを食べられて……それから敵と戦って、飛行機に乗って、事件を解決して、ミュージカルを見て、そして君を抱き締めることができた。だからもう、心残りはない」

そう言い切ったシエスタの顔には、迷いは見られなかった。

であれば、それに対する俺の答えは――

「それなのに、どうして君は私を止めようとするの？」

銃を握った俺を、シエスタの冷たい視線が射抜いた。

「悪いな、思い通りに動かない助手で」

俺はお前を止めるためにここに来た。それは殺すためでも、傷つけるためでもない。生かすために、守るために、シエスタにこの銃口を向ける。

「私が君の相手をしなければならない理由は？」

だがシエスタは俺の覚悟に取り合おうとしない。それも当然だ。俺の反逆にシエスタがわざわざ付き合うメリットは存在しない。このまま俺が銃口を下げるか、あるいはこの会話が途切れたらその時は、シエスタは今度こそ俺たちの前から永久に立ち去るつもりだろう。──それでも。

「逃げようとしても無駄だぞ。斎川《さいかわ》家の財力を使ってでも、シャルのいた部隊の力を借りてでも、あらゆる手段を用いて俺はお前を追う。地の果てでも海の底でも、地上一万メートルの空の上でも──どこまでだって追いかけてやる」

諦めの悪さにかけては、名探偵にだって負けるつもりはないからな。

「それが面倒なら、私にここで戦えと？」

シエスタは自分に向けられた銃口を見つめながら、俺の意図を察する。

「そうだ、この戦場ですべてを決める。お前が勝てば、俺はもうお前に干渉しない」

「君と私で勝負になるはずがないでしょ？　──それに」

しかしシエスタは、俺が本気で撃つ気はないとみたのか後ろを振り向くと、

「君や君の仲間がどれだけ私を追ってこようと、私は絶対に捕まらない。誰もいない場所

で、誰もいない時間で、私は私だけで自分の物語を完結させる」

そう背中越しに告げ、俺のもとから立ち去ろうとする。

シエスタの、名探偵としての物語。それは彼女が生まれたと同時に始まったものなのか、あるいは六年前に施設で《原初の種》との因縁ができた時からのものなのか……それはあくまでも彼女の助手でしかなかった俺には、本当のところは分からない。

だけど、そう。俺はシエスタの助手だった。じゃあ、俺の助手としての物語はいつ始まったのか。あるいは俺とシエスタ、二人の物語はいつ始まったのか……それだけは分かりきっている。あの日だ。四年前の、あの日からだ。

「ああ、そうか。シエスタ、お前は」

だから今、俺がここで言うべき台詞《せりふ》も四年前から決まっていた。

「助手の俺に恐れをなして、戦わずして勝負はすでに決したと誤魔化《ごまか》して、無理やり俺の負けということでゲームを終わらせようとしている、と。つまりは――ビビっていると、そういうことか」

俺がそう言い放った瞬間、踵《きびす》を返していたシエスタはぴたりと足を止めた。その挑発を最初にしたのはいつだったか、誰だったか、それを彼女自身が忘れるはずもない。

「バカか、君は」

シエスタがいつもの言葉で俺をなじる。

だがその声はこの戦場にあって、少しだけ弾んでいるようにも聞こえた。

「私を挑発するなんて千年早い」


振り返ったシエスタの左手には小型の拳銃が握られていた。

「そういえば私たち、本気で殺し合ったことはなかったっけ？」

「ああ、一方的に俺がお前に殺されかけることはあったが」

この状況にあってなお。

いや、きっとこんな状況だからこそ、俺とシエスタは共に笑い合った。

「──さて、と」

だがその直後、俺たちは互いに冷たい視線を向ける。


「準備はいいか、シエスタ」

「こっちの台詞だよ、助手」

そうして人類を見下ろす大樹の麓で、俺とシエスタは銃を突きつけ合う。

「俺はお前を止める」

「君に私は止められない」

これが俺とシエスタの、最初で最後の大喧嘩《おおげんか》だ。

◆この感情についた名前を

「それじゃあ、遠慮なく」

そう呟《つぶや》くや否や、シエスタが消えた。

「……っ！」

だが俺は世界中の誰よりも彼女の強さを知っている。瞬間移動と同等のスピードと言ってもいいシエスタの俊足。俺はあえてデタラメな方向に身体《からだ》を投げ出した。そしてその次の瞬間、すぐそばで一発の銃声が鳴る。

「さすがに一発では仕留められないか」

どうやら俺の悪運が今回は勝ったらしく、地面を転がりつつも銃弾を躱《かわ》すことに成功した。俺はそのまま、乗り捨てられていたバスの陰に身を隠す。

「少しぐらい猶予をくれてもよくないか？」

「戦争で『待った』は通用しない。それより、この戦いはどうすれば私の勝ちになるの？」

「っ、それを確認する前に発砲するな。……俺が負けを認めたら、だ」

「なるほど、じゃあつまりは時間の問題だとして。だけど君の性格を考えるとだいぶ長引きそうな気もするね」

シエスタは自分が負けるパターンは最初から想定しないばかりか、ついでに俺の諦めの悪さを言外にディスってくる。

「悪いが今日で俺たちの力関係は逆転させてもらう」

そうしてバスの陰から俺が撃った銃弾は……しかし、シエスタのアクロバットな跳躍によって避《よ》けられる。

「足を狙うなんて優しいんだね」

「いきなり頭を狙ってくるお前の方がおかしいんだよ」

「致命傷の一つでも与えないと君は負けを認めないでしょ？」

そんな戦場特有での軽口を交わし合いつつも、俺は大きなバスを盾にしながら呼吸を整え、作戦を考える。二週間前のシードとの戦闘によっていい具合に場が荒れてくれているおかげで、こうして隠れ蓑《みの》だけは確保できた。

「そんな調子で私に勝てると思うの？」

「……！」

自ら死亡フラグを立ててしまった俺の頭上から、名探偵の声が降ってくる。いつの間にかバスの屋根に乗っていたシエスタは、臆することなく地上へ飛び降りながら、俺の右腕を蹴り飛ばした。そうして俺の手からは握っていたピストルがこぼれ落ちる。

「……っ、実際に俺は、一度はお前の思惑を超えただろ」

俺は落とした銃には目もくれず、一旦バスの下に身体を潜り込ませる。

「それはあくまで感情の話だよ。今は、実力で私に勝てないと意味がない」

ああ、それもまた正論だ。けれど俺もそれを分かって、悩んで、今こうして戦場に立っている。だからこそ簡単に退《ひ》くわけにはいかない。

「……っ！」

シエスタの足をバスの下から確認した俺は思い切って車体から飛び出し、ホルスターに差していたもう一丁の銃を構え直して発砲した……が、しかし。

「……まじで死ぬところだった」

それを見越していたかのようにシエスタが撃った銃弾もまた、俺の顔のすぐ横を通過した。いや、ほんの数ミリ掠《かす》ったのか、頬《ほお》から薄く血が流れる。

「死にたいの？」

シエスタは惚《とぼ》けたようにきょとんと首をかしげる。

相変わらず余裕かよ。だったら。

「お前が言ったんだからな——これは戦争だって」

俺も躊躇《ためら》わず、手当たり次第にシエスタへ向かって連射を試みる。無論この銃弾でシエスタを殺すつもりはない、それでは本末転倒だ。つまりこの攻撃はシ、い、い、躱してくれるはずだという信頼のもとに成り立つ。ただその過程でたった一発でいい、さっき俺の頬を掠めたように、ほんの少しでも銃弾がシエスタの身体《からだ》を掠りさえすれば——

「なるほど、ね」

シエスタはアクション俳優もかくやあらん動きで銃弾の雨を躱《かわ》すと、足下にトランポリンでもあるかのように高く跳躍し、地上数メートルの瓦礫《がれき》の上に着地した。そして眼下の俺を無表情で見下ろすと、

「君のその銃弾には、麻酔薬でも入ってる？」

いみじくも、俺の作戦をまんまと見抜いてみせた。

「……っ」

「相変わらず君は表情に出るね」

ポーカーフェイスを磨くと良いよと余計なアドバイスを口にしながら、シエスタはさらに俺が撃った銃弾を飛び降りながら躱す。

「君の勝利条件は私を殺すことではない。あくまでも一旦動けなくすることが目的、と」

……焦って乱射をしてしまったことで企《たくら》みに気付かれたか。だが、それでも。

「ああ、俺が使う武器にはどれもその薬が含まれてる。0・01㎎でも体内に入れば、アフリカゾウだろうとシロナガスクジラだろうと動きを止める代物だ。つまり、一発でも掠れば俺の勝ちだ」

致命傷どころか、ほんの掠り傷一つも浴びることはできないという制約。その縛りは戦場においてなによりのプレッシャーになるはずだ。手の内はバレたが、まだそれを逆手にとって戦うことはできる。

「最初から君の攻撃になんて、ほんの一ミリだって掠るつもりもない」

だが次の瞬間、背後にすぐ人の気配を感じた。それがシエスタであると気付いた時にはすでに再び右腕を蹴り上げられ、手に持っていた銃は遠くに弾《はじ》き飛ばされていた。

「……ッ！　早速右腕が使い物にならなくなったじゃねえか……」

俺はすぐさま懐から引き抜いたナイフを左腕で構え、正面のシエスタに立ち向かう。

「その刃先にも麻酔薬が塗られてるってことかな」

俺の目に飛び込んできたのは、シエスタが握った一本のボールペン。俺のナイフをそれで弾くと、シエスタの強烈な回し蹴りが今度は腹部に炸裂《さくれつ》した。

「……ッ、……ハ」

息が止まるのと同時に、物理法則に従って俺の身体《からだ》はアスファルトを転げ回る。言うまでもなく全身に走る痛み。だがそれを諦めの悪さで上書きしながら、俺は取りこぼしていた拳銃に手を伸ばし――

「はい、今ここで君は死にました」

同じく……いや、俺より一瞬早く銃を構え終えたシエスタの声が、俺の動きを押しとどめた。ゆっくり顔を上げると、左手で銃を握ったシエスタが俺にその銃口を向けていた。

「今、私がこの引き金を引けば君は死ぬ。だけどそうはしない。その意味が分からないほど、君はバカではないと私は思ってる」

シエスタの青い瞳がゆっくりと細められる。俺が四年前のハイジャック事件を下敷きにこの大喧嘩《おおげんか》を始めたように、シエスタもコウモリを組み伏せた再現がごとく俺に負けを認めさせようとしていた。

「……散々人のことをバカかと罵ってきて、最後にそれかよ」

だが、シエスタの言う通りだ。痛い思いをしたくなければ、致命傷を負いたくなければ、俺はここで引くべきなのだろう。ただ、今俺に向かって左手で銃を構えるシエスタを見て、いつだったか彼女と交わした会話がふと頭をよぎった。

それは何気ない日常のワンシーン。いつものごとく金がない中、異国の地の安アパートで囲んだ食卓。大多数の日本人がそうであるように、右手に箸を持っておかずを突《つつ》いていたシエスタに、俺はあの日こう訊《き》いた。

『シエスタお前、左利きじゃなかったのか？』

そんな今さらの質問に彼女は怪訝《けげん》そうに首をかしげた。当たり前だ、シエスタはいつもそうやって飯を食っていたし、戦場では右手で銃を握っていた。それでも俺がシエスタを左利きであると勘違いしてしまっていたのは、俺が彼女の左手によってこの世界に連れ出されたからだった。

——旅に出よう、と。いつだってシエスタは俺に左手を差し伸べて、一億点の笑みを浮かべていたから。だから俺はつい、そんな勘違いをしていたのだ。

『バカか、君は』

シエスタはいつものように俺をなじった。

『銃を持つ手が右手だよ』

『それを言うなら箸だろ』

軽口を飛ばし合った後、しかしシエスタはなぜか微笑を溢《こぼ》してこう言った。

『だからこれから先も、君に差し出すのは左手だけだよ』

分かるような、分からないような、シエスタなりの哲学。説明しようとすれば、それはきっと陳腐なものに成り果てて、だけど答えを胸に秘めている限り、俺はこれからも彼女の差し出す左手に腕を伸ばし続けることができる。だから俺はその日、それ以上の説明をシエスタに求めることはしなかった。

ただ、今一つだけ分かることがあるとすれば。シエスタは、俺に差し伸べていたはずの左手に銃を握ってこの戦場に立っている。シエスタの言葉を借りるなら——その意味が理解できないほど、やはりもう俺もバカではなかった。

「……ああ、そうだな。俺の負けだ」

シエスタに銃口を突きつけられ、膝をついた俺は情けなくも負けを認める。

——だけど。

「だから、最後に言わせてもらっていいか？」

遮るものがなにもない、スクランブル交差点の中央。

俺は抵抗の意思はないことを示すように、両手を挙げながらゆっくりと立ち上がる。

「命乞い？」

「負けを認めてるのに命を取ろうとするな」

剣呑《けんのん》な目つきのままのシエスタを見て俺はため息をつく。

「そうじゃなくて、なぜ俺がお前を止めようとするのか……その疑問に答えてなかったなと思ってな」

それはこの戦いの火蓋が切られる直前、シエスタが俺に尋ねたことだった。どうしていずれ怪物になる自分を死なせてくれないのか、と。なぜどこまでも追いかけ、自分に関わり続けようとしてくるのか、と。それに対して俺の頭に浮かぶのはあまりにも当たり前の答えで、だけどそれゆえに俺は口に出してそれをシエスタには伝えていなかった。

思えば、俺たちはいつもこうだった。肝心なことは伝え合わず、互いに分かった気になっていて、気付けばいつもすれ違っていた。絆《きずな》という形の見えないものを信じて……いや、確かにそれは俺たちを繋《つな》げてくれていて。だけどいつしかそれに頼りすぎていた。

きっと俺たちの間に絆はあったのだろう。だけどそれを言葉で確かめ合うことはなかった。その必要もないと思っていたから。銃撃戦の中、互いに背中を合わせれば伝わると思っていたから。

「思いは言葉を超える。そう言えば確かに聞こえはいいな」

俺は向けられた銃口に臆することなく、一歩、二歩とシエスタのもとへ歩み寄る。

「っ、なにを……」

シエスタは俺の意図を図りかねてか、左手で握った銃に力を込める。

「言葉に出さなきゃ伝わらないってやつを実証してみようと思ってな」

三年間もあったのに。あれだけ軽口は交わし合ったのに。

どうやら俺たちはそれを少しサボりすぎていたらしい。

「なぜ俺がお前を生き返らせたいと思ったかって？　あんなトラブルだらけの三年間を楽しいと思えたのかって？　そんなの、一つしか答えはないだろ」

こんな単純な言葉さえ、俺は言ったことがなかった。なんだか言ってしまえば、途端に陳腐になりそうだったから。

「俺が、お前のことを好きだからだ」

シエスタの目の前に立ってそう言うと、彼女は驚いたように青色の瞳を見開いた。

その感情がいわゆる恋慕なのか家族愛なのか隣人愛なのか、それを説明しようとは思わない。俺自身この感情に名前はまだつけられない。ただそれでも、俺があの三年間にわたって抱いていて今も変わらない、この感情に最も近い単純明快な言葉はそれだった。

「それは、なんというか、意外だね」

シエスタは恐らくは自分でも気付かぬままに銃を下ろし、気の抜けた声で呟《つぶや》いた。

「今までそんなことにも気付かなかったのか？　名探偵ともあろう人間が」

「……君のツンデレのレベルが常軌を逸してたのが問題でしょ」

俺たちはそんな軽口をたたき合って、それから互いに口元を緩めた。

どうやら今度こそ、俺の言葉は彼女に届いたらしかった。

「――だけど」

しかし、その時。シエスタの瞳の奥に、再び青い炎が揺らめいた。

「感情だけでは覆らない問題もある」

銃声が鳴る。彼女の銃から放出された弾丸は、俺の頬《ほお》のすぐ横を通過していった。

「君だって分かってたでしょ。今の私は君に告白をされたぐらいじゃ説得されないって」

「告白したつもりはないんだが？」

「ああ、そっか。プロポーズか」

なんでその二択なんだ。俺は苦笑しながら、再び大人しく両手を挙げる。そもそも俺はもう負けを認めている。武器も手元にない現状、抵抗する余地もなかった。

「やっぱり、俺じゃお前には敵《かな》わなかった」

けど、そんなことは最初から分かっていた。――だから。

「ここからは、俺たちで挑ませてもらう」

次の瞬間、耳をつんざく爆音と共に黒煙が上がった。

「っ、手榴弾《しゅりゅうだん》……！」

シエスタは乱入者の存在に気付くと大きく後ろ向きに跳躍し、その場から離れる。

だがそんなシエスタを追って、黒煙を裂くように一人の少女が戦場に割って入った。

「今まで散々世話を掛けたメイドに対して、最後に顔すら合わせないというのは、少々薄情が過ぎるのではありませんか？」

突風に白銀色の髪の毛を靡《なび》かせながら、レイピアを握ったそのメイドは主人に対して謀反を起こす。──そして。

『シャルさん！　今です！』

胸ポケットに入れていた携帯端末から、少女の声が戦場に響いた。次いで耳に届く銃声。それは遠いビルの屋上から、一人のエージェントが名探偵を狙撃する音だった。

「……っ、そういう、こと」

放たれた麻酔弾はすんでのところでシエスタに躱《かわ》され、アスファルトを穿《うが》つ。だがシエスタは俺の……俺たちの企《たくら》みを悟り、不満げに顔を顰《しか》める。

「悪いな、シエスタ。ここからが本当の最終決戦だ」

名探偵を救うまで、俺たちの意思は決して止まらない。

◆ある少年の回想

「君はどうしてそう誰かと呼吸を合わせるのが苦手なのかな」

陽《ひ》の沈みかけた小道を歩きながら、俺の前をすたすたと歩くシエスタは背中越しにため息をついた。歩くスピードのことで言えば、呼吸を合わせられていないのはお互い様だが……シエスタが言いたいのはそのことではないのだろう。

今は、とあるミッションを無事に失敗した帰り道。そしてその失敗の理由はただ一つ。今回作戦に加わったシャーロット・有坂《ありさか》・アンダーソンと、俺の絶望的な相性の悪さにあった。何度同じ過ちを繰り返すのかと叱られたところで、その原因が取り除かれない限り状況が変わることはあり得ない。

「昔から誰かの横を歩いたことがなかったからな。今さら人と足並みを揃《そろ》えろと言われても、俺にはハードルが高すぎる」

およそ一年前、シエスタにこの世界を巡る旅に連れ出される以前から……残念ながらと言うべきか、俺にはただの一人も友人と呼べる存在はいなかった。生まれながらにして持っている、この厄介な巻き込まれ体質。それを避けるようにしていつも俺の周囲からは人が遠ざかる。そうして気付けば十五年が経《た》っていた。

「君はそのままでいいの？」

「俺の意思は関係ない」

そう言い切ったものの、俺もなにかを変えようと思ったことは何度かあった。いや十五になった今でも、もう少しまともな生き方ができないものかとため息をつくこともある。それでもこの体質を抱えている限り、俺は誰の隣にも立てないし誰も俺の隣は歩けない。

「ま、もう慣れたもんだ」

俺はそう苦笑しつつアスファルトを踏む。友人どころか、俺には生まれながらにして親もいない。だから俺は子供の頃から一人で生きていく術《すべ》を持っていた。

「だけど一人のままじゃどうしようもないこともある。今日だってそう」

シエスタは背中越しに、まるで俺に仲間を作れと言わんばかりのことを口にする。俺は今日、いまいちシャルとの息が合わずあわや敵の銃弾に当たりそうになった。それでも最終的にはシエスタが助けに入ってくれたのだった。

「いつか私がいなくなることだってあるかもしれないいんだからね？」

……自分がこの旅へ連れ出したくせに急に無責任なことを言う女だ。

「とは言え、俺が仲間を作ればかえってそいつらに危険が及ぶ可能性だってあるだろ」

俺のこの体質を考えれば、むしろその確率の方が高いだろう。君塚君彦《きみづかきみひこ》という男はそういう星のもとに生まれた。諦めの境地というよりは悟ったのだ。俺に、隣を歩く仲間はいらない。

「どこへ行くの？」

気付けばシエスタの声は後ろから聞こえてきていた。

「バカか、君は」

そしてその声はすぐ左に並んだ。

「これぐらい簡単なことなんだよ、誰かの隣に立つなんて」

落ちた夕陽《ゆうひ》が舗道を染め、そのオレンジ色の中に二つの黒い影が伸びる。

「もちろん私は君の恋人ではないし、きっと友だちでもない。仲間という呼び方が適切なのか否かすら分からない」

でも、とシエスタは前を向いて言う。

「今、私は君の隣に立っている」

白銀色の髪の毛に、橙色《だいだいいろ》の光が優しく差す。思わず盗み見たシエスタの横顔はあまりに凛々しく、そしてどんな名画や彫刻よりも美しく思えた。

「いつか君にも仲間はできるよ」

それからシエスタは隣の俺を振り向くと柔らかく笑んだ。

「そしてきっと君たちは、いつか力を合わせてなにかを成し遂げる」

……どうだろうな、今ひとつイメージはできないが。あるいは俺のこの体質だ。シエスタの言う通り仮に仲間ができたとしても、変な奴《やつ》らばかり集まったりしてな。

「まあ、もしもいつか本当にそうなったら紹介してやるよ」

「うん、楽しみにしてる」

俺たちは伸びた影を踏むように、夕焼けの小道を並んで歩き始めた。

◆地上一万メートルに告げる誓いの空砲
手榴弾《しゅりゅうだん》の爆発による黒煙が立ちこめる戦場。そんな中、一人の少女がメイド服を風に舞わせながら宙を跳んだ。

「頼んだぞ、ノーチェス」

俺は使いものにならなくなった右腕を押さえながら、一旦瓦礫《がれき》の陰に身を移す。

「そっか。これが今の、君の仲間だったね」

だがその寸前――風で揺れる黒煙の隙間、シエスタの青い瞳が一瞬俺を捉えた。

シエスタを死なせたくないという思いは、俺たち全員の総意。同じ願いと目的を持つ者たちを仲間であると定義づけるなら、今、剣を片手に疾駆する彼女は間違いなくそのうちの一人だ。

「それでも、まさか君まで私に反旗を翻すとは」

そんなノーチェスに対し、シエスタは銃を構えて応戦しようとして……その瞬間、彼女の握っていた武器は遥《はる》か遠くからの狙撃によって撃ち落とされた。

「シャーロット、唯《ゆい》。君たちも」

シエスタは銃弾が飛んできた方角にあるビルを一瞥《いちべつ》するも、それからすぐに今向かい合うべき相手へと視線を戻した。

「ノーチェス。君は戦闘向きに作られてはいなかったはずだけど？」

片手剣による刺突を避《よ》けながら、シエスタは自分の元メイドに対して不満を吐露する。

「ええ、つまりこの事態を見越してブラフを吐いていたというわけです」

「私を油断させるために二週間も前から種を蒔《ま》いていたと？　随分と準備がいいんだね」

涼しい顔で言い返すシエスタは、ノーチェスの言ったことを真に受けたわけではないだろう。とある《発明家》の力を再び借りたことにも気付いているのだろうか。

「事件が起こる前から事件を解決する準備をしておけとは、元主《あるじ》の教えでしたから」

それでもノーチェスは低く態勢を構え直し、一気に間合いを詰める。

「その剣先にも薬が塗られてるのかな」

ああ、その通りだ。ほんの少しでもそれがシエスタの身体《からだ》を掠《かす》めた瞬間、俺たちはこの戦いに勝利する。

「……っ、アンドロイドの私よりご主人様の方がチートなのでは？」

だがその時、再びシエスタが懐から取り出したボールペンが、ノーチェスの片手剣を大きく弾《はじ》いた。

「そうかな。でもペンは剣より強しって言うでしょ？」

「……口が減らない主ですね」

するとノーチェスは次に武器を二丁の拳銃に持ち替える。見事な両利きの手で放たれた二発の銃弾は、地上に立つターゲットを確実に捉えた……はずだった。

相手が、シエスタでなかったなら。

「──これから先、君たちの攻撃はただの一度も私には通らない」

地面を蹴ったシエスタは、背面跳びのように身体を宙に投げ出し、虚空を裂く銃弾を眼下に眺める。

「だったら、通じるまで続けるだけです」

攻撃の手を休めたら終わりとばかりに連射を続けるノーチェス。メイド服の中からは無尽蔵に重火器が取り出される。その戦況を見て俺も今一度自分がやるべきことを考え、この場からの移動を試みる。

「我慢比べ？　理知的じゃないね」

一方シエスタは、ノーチェスが放つ銃弾を正確無比に避《よ》け続ける。アスファルトを蹴り、建物の壁面を走り、屋根を伝って宙を跳ぶと、やがて高架線へと辿《たど》り着《つ》いた。《原初の種》との一戦の影響で至る所に蔓《つる》が生い茂っており、無人の線路には電車は運行していない。

「逃がしません」

それを見てノーチェスも、乗り捨てられた車や電柱を足場にシエスタの後を追う。

「……完全に俺のことは眼中にないな」

だがそれも好都合だ。俺には到底、彼女たちのように最短経路で高架線へ向かうことはできない。俺は人の消えた荒れた街を数分走り、どうにか駅へと辿り着く。

無人の改札を飛び越えて、息を整える間もなく階段を駆け上がり、ホームの端まで足をもつれさせながら走りきった。そうしてさらに続く線路の先に霞《かす》む視線を送ると――目に映ったのは、シエスタに銃を向けられ片膝をついたノーチェスの姿だった。恐らくシエスタに銃を奪われたのだろう、ノーチェスはその場を動くことができない。

『シャルさん！　風が止《や》みました！』

刹那――とあるアイドルの声が、ノーチェスが偶然落としたワイヤレスイヤフォンから戦場に漏れた。次いで、どこからともなく放たれた銃弾がシエスタの足下を掠《かす》めた。

はるか数百メートル離れたビルからのスナイパーによる狙撃。斎川唯《さいかわゆい》の《左眼《ひだりめ》》を使って風の動きをも読むことができれば、シャーロット・有坂《ありさか》・アンダーソンの狙撃の正確性はさらに増す。

確かに斎川の身体《からだ》に眠る《種》は、先日シードによって回収されたはずだった。しかしその左眼に宿った能力だけは消えることはなかった。まるでシードがこの世界に、サファイアの瞳だけは残そうとしたように。

あとはそんな彼女たちの攻撃、そのコンビネーションによるプレッシャーがシエスタの動きを鈍らせてくれれば――

「――二度目。その攻撃も通らない」

だが期待は一瞬で崩れ去る。シエスタはまず正面のノーチェスを蹴り飛ばすとすぐさま後ろを振り向き、背後から近づいていたブロンド髪のエージェントに銃口を突きつけた。

「……っ、マームは、ワタシがここにいることに驚かないんですね」

ダガーナイフを構えていたシャルは、ぴたりと動きを止める。

シャルが遥《はる》か遠くのビルから狙撃を行っていたことを考えれば、まさかその彼女本人が高架線を身一つでよじ登ってこようなど想定できるはずもない。だが、シエスタは。

「助手やノーチェスがずっと、わざと私に唯の声を聞かせていたことは分かっていた。つまり唯がシャルに出していたように聞こえたあの指示はブラフ。本当は、シャルはずっと機会を窺《うかが》って近くに潜んでいた」

――気付かれていた。

銃口を向けられたシャルは唇を噛《か》みながら、持っていたナイフをその場に捨てた。

「まさかシャルも私に刃向かってくるとはね」

「弟子はいつか師匠を超えるものですから」

刹那、何度目か分からない銃声と共に、一発の弾丸がシエスタの足下を掠《かす》めた。

「よく《左眼《ひだりめ》》だけの精度でここまで」

レールに当たったそれは激しい金属音を鳴らし、一瞬シエスタの意識を逸《そ》らす。その間にシャルは後ろに距離を取りつつ、ホルスターから引き抜いた銃のマズルを向けた。

「早撃ちで私に勝てると？」

そうしてシエスタも同じく、まっすぐ伸ばした右手で拳銃を構える。

「……そうですね。確かに今のワタシではまだマームには勝てないのかもしれない」

でも、と。シャルの声に覇気が宿る。

「ワタシたち、なら、超えられるかもしれない」

それが合図だった。

「無免許の人間にこんな役をやらせるか、普通」

事前に用意していたバイクに跨《また》がった俺は、首と一緒にアクセルをひねり、エンジン音を轟《とどろ》かせながらそのままホーム下の線路へ降り立った。そして。

「……！　なぜ君が、それを」

シャルが線路脇に身を投げ出す。代わってシエスタの目に飛び込んできたのは、俺が《名探偵》御用達《ごようたし》のマスケット銃を構えてバイクで驀進《ばくしん》する姿だった。

「……君にあげたつもりはないんだけどな」

「ああ、だからお前に返しに来ただけだ」

四年前のあの日から、これをお前に手渡すことが俺の探偵助手としての仕事だった。

「だが、その前に」

ターゲットはおよそ二十メートル先。

俺は両足だけをバイクに預け、空いた両手を使ってマスケット銃で発砲した。

「なるほど、確かにこの攻撃は予想外だ」

でも、と。シエスタの青い瞳が、無人の線路をバイクで爆走する俺に向けられる。

「――三度目。君たちが手を組むことは信じていた」

そうしてシエスタは左手に握った銃のトリガーを引く。俺たちが互いに撃ち放った弾丸は、まるで針の穴を縫うような正確さで、パァン！と空中で綺麗《きれい》に相殺された。

しかしその事象が起こった時には、すでに俺が乗ったバイクはシエスタの目の前にあった。この勢いのままシエスタにぶつかりでもしたら……。

「……くっそ」

俺はハンドルを切ると共に体重を思いっきり右側に傾け、シエスタとの衝突を避《よ》けようとする。すると必然、俺の身体《からだ》は虚空へと投げ出され――

「バカか、君は」

そんな声が聞こえた気がした。まるでそれは、無茶《むちゃ》を試みた俺を窘《たしな》めるような。そしてほんの一瞬、身体《からだ》が宙でふわりと静止した感覚があった。

「……痛《い》ってえ」

だがその直後、俺の身体は線路の上を転がっていた。全身を鞭《むち》で激しく打ったような痛み。それでも、苦痛に喘《あえ》ぐ時間や呼吸を整えている暇はこの戦場には存在しない。俺はすぐに砂利から顔を上げて戦況を確認する——と、そこに広がっていた光景は。

「ここは戦場だから。シャーロット」

「——ッ！」

シエスタの発砲した銃弾が、シャルの右肩を掠《かす》めていた。その一発は、戦場で命を賭けて戦うエージェントに対しては、きっと欠いてはならない礼儀なのだろう。

「……まだです。まだ、ワタシはマームと……」

だがシャーロットは再び立ち上がる。肩から血を流し、それでも師匠の誤りを正そうとするエージェントは銃を握る。そんな弟子の姿を見て、シエスタはほんの一瞬銃口を彷徨《さまよ》わせるような素振りをみせた。それは、確実にターゲットの動きを止めるにはどこを撃つべきかを考えているのか、それとも——

「……っ、シャルさん！」

そこに一人の少女の影が割って入った。さっきまでは端末を通して聞こえていた、とあるアイドルの声。だけどそれは今、すぐ十メートル先から直《じか》に聞こえる。

「──四度目。その献身も知っていた」

シエスタが、一つため息をついてから呟《つぶや》いた。

銃声と着弾のタイミング。そのずれを認識していたシエスタは、最初と比べて狙撃手が段々と近づいてきていることに気付いていたのだろう。銃を手にし、手負いのシャルの前に立った斎川《さいかわ》に対して、シエスタは同じく銃口を向ける。

「させません」

その時、風のように割って入ったノーチェスがシエスタの右手を蹴り上げた。そうして握っていた銃が高く舞い上がる。

「悪いけど、ちょうどよかった」

だがそれでは怯《ひる》まなかったシエスタの蹴りが、再びノーチェスの腹部を鋭く捉えた。

「──ッ!」

短い悲鳴は誰のものか。ノーチェスに重なるようにして斎川とシャルもまとめて吹き飛ばされ、三人は線路の砂利を転がる。そうして遂《つい》にシエスタの前に立ちはだかる者はいなくなった。

「──これで、終わり?」

目を瞑《つぶ》って、ゆっくりと深呼吸をする。そうしてたっぷり時間を使ってから、シエスタは再び瞼《まぶた》を開いた。俺たちを見つめるその青い瞳からはどんな感情も読み取ることができない。すなわちいつもの名探偵がそこに立っていた。

「まだ眠っている渚《なぎさ》はここには来られない。だったら次は巫女《みこ》か暗殺者か……それとも吸血鬼？　でも、誰が来ようと私は負けない」

シエスタはそう言いながら、俺が線路に落としたマスケット銃を左手で拾い上げると、空に向かって高々と発砲した。

「私は世界を守るために、私を殺す。私を殺すために、君たちを倒す。そして君たちを倒して、君たちを守る。それが今度こそ私の──《名探偵》としての最後の仕事」

それは世界を守護する《調律者》たるシエスタの、正義の味方としての宣誓。彼女の身《から》体《だ》に眠る《世界を滅ぼす種》を芽吹かせぬために、シエスタはその手で自らの物語を完結させるのだ。

「だから、私にとって君が最後の敵だ──君塚君彦《きみづかきみひこ》」

そう告げるとシエスタはマスケット銃を向けた──再び立ち上がった俺に対して。

「やれ、初めてまともに名前を呼ばれたと思ったらこんなシチュエーションかよ」

俺は苦笑しつつ、同じくシエスタに銃を向けた。

しかし、あの完全無欠の名探偵にしては珍しい。シエスタが行った宣誓には、二つ訂正すべき箇所がある。まず一つは。

「……本当に懲りないね、君の仲間たちは」

シエスタが、背後に立ち上がった三つの影にため息をつく。

そう、俺だけじゃない。まだここにいる誰一人、シエスタの前に立ちはだかることを諦めた者はいなかった。

そしてシエスタの誤解はもう一つ。

「シエスタ、お前に最後の仕事は果たさせない」

すでに勝機は見た。

◇ある少女の回想

「それで？　君はどんな相手とだったら上手《うま》くやっていけそうなの？」

オープンテラスのカフェで、私は紅茶を飲みながら助手にそう尋ねる。

今日はとあるミッションで助手が失敗を犯し、その帰り道に反省会を開いた――今はその延長戦。私は引き続き、助手に仲間を作らせることを目標に話を振っていた。

「どういうタイプの人間となら仲良くなれそうか……」

正面に座った助手は、思いのほか真剣な表情で悩んでから答えた。

「俺のダメな部分もすべて寛大な優しさで包み込んでくれるお姉さんタイプだな」

「それは仲間としてじゃなく君の好きな女性のタイプの話でしょ」

まったく、人が真面目に話をしているのに。

「しかもその特徴だと完全に私のことじゃない」

「どこがだ、真逆だ」

少しもボケたつもりはないのにツッコミを入れられた、よく分からない子だ。

「というか俺にばかりそういうことを訊《き》いてくるが、シエスタこそどうなんだ？」

すると今度は助手がそう尋ねてくる。お前にこそ仲間はいるのか、と。私の頭にはシャルはもちろん、いくつかの顔が浮かぶ。たとえば高い時計塔で暮らす巫女《みこ》の女の子。あるいは赤い髪の女刑事は、あれは仲間と言うより同志と呼ぶべきだろうか。

その他には……その他にも、いた気がする。遠い昔、私には仲間と呼べる存在が確かにいた。だけどなぜか靄《もや》が掛かったように、誰かに記憶の蓋をされたように……確かにそこにいたはずの彼女たちの顔が、名前が、今の私には思い出せなかった。

「……だから私は、君に口うるさくなってしまうのかな」

私がそれを無くしてしまったから。その代わりに、助手に仲間を……。

「そもそも、友だちだとか仲間だとかの定義が分からないよな」

だけど私の独り言は聞こえなかったのか、助手はそんな全能感に満ちた中学生のようなことを言い出す。まあ事実、彼も普通であれば中学校に通う年齢ではあるんだけれど。

「相手のことを時に自分よりも尊重する……いや、尊重したくなる。そんな関係が友だちで、仲間なんじゃない？」

もちろん明確な基準があるわけではない。だけどその形のないものに言葉を与えようとする試みも、時には必要な気がした。

「だったら、やっぱり俺とお前もそうなのか？」

思わぬ言葉に、私はついティーカップに伸ばした手を止めた。

「……今日、シャルとの息が合わずに敵の銃弾に当たりそうになった俺をお前が身を挺《てい》して守ってくれた。それはつまり、俺のことを、だな。その、なんだ……」

助手はなにやら複雑な感情が入り混じったような表情で、包帯で巻かれた私の左肩を見た。この程度の怪我《けが》、私にとっては大したことはないのに。

「私が君を守ったのは契約だからだよ」

それは今から一年ほど前に交わした約束——私が助手を守る、と。それを条件に私は彼をこの旅へと連れ出したのだ。だから助手の身に危険が迫った時、私が身を挺して守るのは仕事として当然のことで……。

「その割には今日も、やたら慌てた顔をしてた気もするが」

しかしなぜか助手は、面白い事実を発見したかのように私を見つめる。

「そういえばシエスタお前、俺が本気でピンチの時には割と取り乱すことあるよな」

「————っ」

助手のくせに生意気だ。私はただ、ただ——

「はあ」

なにか言い返す気も起こらなくて、私は代わりに大きめのため息をついた。私にとって大切なことは依頼人の利益を守ること。それさえできれば私はよかった。

「そういえば君、珍しいね。コーヒーじゃないんだ」

ふと私は気になって……というより話を変えたくて助手にそう訊《き》いた。助手はホットのコーヒーを頼むことが多いけれど、今は私と同じ紅茶を啜《すす》っていた。

「ただ今日はなんとなく、そういう気分だっただけだ」

「——そっか」

そうして私たちはテラス席で、同じ紅茶を飲みながら、同じ夕陽《ゆうひ》を眺めた。

◇それが私の「生きる」

「シエスタ、お前に最後の仕事は果たさせない」

長く続く高架線の上。助手はそう言って私に銃口を向けた。次いで他の三人も助手に倣って私を取り囲む。四人がそれぞれ対角線上に並ぶ陣形は、まるで私をここから逃がさないと言わんばかりだ。

「……バカか、君たちは」

そんなことをして、たとえ君たちの願いが叶《かな》ったとして、その先待ち受けている結末は私が《種》に侵食されて怪物に堕《お》ちる未来。それを防ぐ手段などありはしない。

「私がいなくなること——それが私にできる最後の仕事だって分からないの？」

私の最後の仕事。だけど本当ならそれはもう、とっくに終わっているはずだった。それはすなわち一年前、私が死に、代わってヘルを封印したこと。そうして私の遺志を助手、渚《なぎさ》、唯《ゆい》、シャルに託し……またノーチェスを通して、彼らが抱える問題や呪縛から彼らを解き放ってあげること。それを成し遂げた時点で、私の仕事は完成したはずだった。

だけど助手や渚は、そんな私の思い描いた結末を覆した。それは世界に様々な混沌《カオス》を生み出し、渚はその歪《ゆが》みの犠牲となった。それでも私が最後の仕事として封印したはずのヘルが《原初の種》を倒したことで、巫女《みこ》の編纂《へんさん》した《聖典》は……一つの物語は、新しい形で幕を下ろしたのだ。

だから今、私がまだここにいるのはあくまでも延長戦。いや、蛇足だ。これは本来描かれる必要のなかったエピローグ。……だけど。それでもこの戦場に立つ限りは、この銃を再び握ってしまったからには、私は。

「私は決して仕事は投げ出さない。この身を賭して、名探偵の責務を全うする」

いくつかの銃声が鳴って、今度こそ最後の戦いが始まった。

「——銃弾のスピードなら四年も前に見飽きている」

四方から飛んでくる鉛玉も、そもそもの銃口の角度をミリ単位で把握できさえすれば、人は銃のスピードを超えられる。虚空と砂利に放たれることになった数発の銃弾を置き去りにして、私は風と一緒に走る。

敵は四人、だけど全員すでに手負いだ。一人ずつ対処していけば問題はない。まずは、悪いけど——

「斎川唯《さいかわゆい》。君の《左眼《ひだりめ》》は厄介だ」

「……！」

あの目はすでに、普通の人間が到達できるレベルにはない動体視力を持つ。戦場においてそれはどんな火力を持つ重火器よりも役に立つだろう。まずはその戦力を削ぐべく、驚いた様子を見せる唯のもとに走り寄る。

もちろん殺すつもりもなければ、あの青い瞳を傷つけるつもりもない。私の構えたこのマスケット銃は助手が持ってきたもの。ということは、中身は麻酔弾のはず。……いや、もしかすると私に銃を奪われることを想定して、麻酔弾は最初の一発だけだった可能性もある。まずは試すしかない。唯にほんの数ミリだけ弾頭を掠《かす》らせ、あわよくば少しの間だけ眠ってもらう。そう思考を最短で巡らせ、私はトリガーに掛けた指先に力を込め——

「——っ」

ちょうどその時、唯の背後でシャルが横切った。この角度だと後ろのシャルに……しかもその頭部に弾が当たってしまう。肩ならともかくそれは致命傷になり得る。

「……シャルらしくもない」

私は戦況を読み誤った弟子に文句を溢《こぼ》しながら、一旦武器を下げて距離を取る。

「シエスタ様。ここは戦場、命のやり取りをする場ですよね？」

ふと鋭い殺気を感じて身をよじると、ノーチェスの剣がさっきまで私のいた場所を薙《な》いでいた。麻酔薬の塗られたあの剣先に掠ったら、そこでゲームセット。制約の多さについ頭に血が上りそうになるも、私はすぐさまノーチェスに向けて銃を構える。機械の身体《からだ》を持つ彼女なら、ある程度どこを撃っても大丈夫。だから私は今度こそ安心して――

「ノーチェス……！」

その時、助手がノーチェスを庇《かば》うように前へと躍り出た。

「……ッ！　バカか、君は！」

私はギリギリの判断で虚空に銃弾を放った。助手がどう予想外の動きをするか分からない以上、当たり所が悪ければやはり致命傷を与える可能性もある。

「……君は相変わらず勘が悪いね」

直近で思い出すのは、あのクルーズ船でのカメレオンとの戦い。あの時も助手は位置取りを間違え、敵の攻撃を一身に受けることになった。どう考えても彼より私の方が……今回で言えばノーチェスの方が、敵の攻撃を受けることには長《た》けているというのに。

「……そういう、こと？」

瞬間、嫌な予感が脳裏を掠めた。それと同時に私のすぐ目の前を銃弾が通過する。

「すみませんシャルさん、思ったより早くシエスタさんが気付いたかもしれません」

「ええ、だってワタシが最初で最後――死ぬまで尊敬すると決めた師匠《マーム》だもの」

数メートル先。シャルは得意げに微笑《ほほえ》んで、再び私に銃口を向ける。

「避《よ》けなきゃ当たるわよ」

それが私に言った台詞《せりふ》じゃないことはすぐに分かった。

「ああ。だけど多分、大丈夫だ」

「――っ！」

パァン！と銃声が鳴ったのとほぼ同時。私は後ろに立っていた助手の胸元を掴《つか》んで、共に倒れこみながらシャルの撃った銃弾を躱《かわ》した。

「こうして、シエスタが助けてくれるからな」

地面に背中をつけた助手はふっと微笑《ほほえ》むと、身を起こし再び私へ銃を向ける。

「バカか、君たちは……！」

私は身を翻し、敵である四人をぐるりと見回す。

「……これが私を追い込むための最後の策ってわけ？」

それは、私が誰かを攻撃しようとすれば他の誰かが守るように割って入り、にもかかわらず仲間同士で攻撃が当たりそうになっても躊躇《ためら》うことなく引き金を引くという、矛盾だらけに見える愚策。仲間を守りたいのか、私を止めるという目的を最優先したいのか、一見するとどちらなのか分からない。でも、その矛盾を解消する答えがあるとすれば――

「ああ、シエスタ。お前は絶対に俺たちを殺せない」

刹那、ノーチェスが撃った銃弾が私と……私の後ろに立つ助手を襲う。

「……ッ！」

私はマスケット銃を横に薙《な》いでそれを弾《はじ》き、しかしそれと同時に今度は、唯《ゆい》の握ったピストルが、私とその対角線上にいたシャルを狙った。

「だから……ッ！」

喋《しゃべ》っている暇もない。唯が発砲したのとほぼ同時に私もトリガーを引き、自らの銃弾をぶつけることでシャルへ向かうその弾道をずらした。

――そう、これは戦争だと自分で言いながら、私は彼らが死なないように立ち回っていた。戦場を飛び交う無数の銃弾は、いずれ彼らに致命傷を与えてしまう。私はそれを本能的に避けていた。けれど四人は、私のその迷いを利用するようにしてあえて危険な境遇に自分の身を置き、私の動揺を誘って行動を制限しようとしていた。

「戦闘慣れしていない斎川《さいかわ》を攻撃する時には特に躊躇い、バイクで事故りかけた俺を思わず助けるお人好し。仲間を殺すことができないことがお前の強さで、唯一の弱点だ」

……昔の私はこういう時に迷わなかった。自分の仕事を完遂することに最も重きを置き、それによって最大多数の幸福を実現できるとも信じていた。事実、それによって私は多くの依頼人の利益を守ってきた自負もある。

だからこそ、かつての私はそういった迷いのことを「甘え」だと考えていた。だけどそれは誰かにとっては「優しさ」で、また別の誰かにとっては「激情」ですらあった。そして私はいつの間にか、それらを知ってしまった。だから今も心臓が大きく鼓動を打っている原因は、その迷い――今この心にこそあった。

「……卑怯《ひきょう》な作戦だね。命を粗末にしているとは思わないの？」

「元はと言えば、マームの命が賭かった勝負――だったら、ワタシたちだって命を賭けないと失礼です」

シャルはそう一人のエージェントとして毅然《きぜん》と言う。私も同じような理屈をもって一度は彼女の肩を撃った。言い返す言葉は思いつかない。だったら、今私やるべきことは――

「逃がしません！」

唯《ゆい》の《左眼《ひだりめ》》が、私が次に取ろうとした行動を見抜いた。跳躍してこの高架線を立ち去ろうとした次の瞬間――ドン、と不意に鳴った大きな爆発音に私は一瞬気を取られた。そして足下に伝わる大きな振動。地鳴りのような音が続き、瞬く間に足場が崩壊していく。

「……っ、爆薬」

ノーチェスが仕掛けていたものだろうか。だけどそれを確認する暇も意味もない。さっきまで高架線として存在していたはずの足場は突如として瓦礫《がれき》と化し、私の身体《からだ》もその砂利と鉄くずに紛れながら虚空へと投げ出される。

「――――ッ！」

およそ十メートルの自由落下。遮るものがなにもなく、飛び降りる準備が最初からあれば、私にとっては問題なく着地できる高さ。けれど不意を突かれ、雪崩のような砂利に飲まれた結果、私は受け身を取りながらもアスファルトで身体を強く打った。

それでも彼らが講じたこの作戦は、この程度であれば私は生き延びるはずだというある種の信頼のもとに成り立つものだろう。……だけど、私が助かっても彼らは——

「……助手っ！」

「……本当にお前は……自分よりも、人のことばっかりだな」

声がした方にマスケット銃を向けると、土煙の向こうに左手で銃を握った助手が立っていた。もう何度目か分からないこの構図。そして助手の背後で、他の三人も瓦礫の中から立ち上がった。恐らくノーチェスが助手を、シャルが唯を守ってくれていた。

「……はぁ、……っ、……ひどい、格好だね」

助手の右腕はだらりと力なく下がり、頭からは出血も見られる。自慢の黒ジャケットもボロボロだった。

「……はぁ……お前も、な」

そういうことは女の子には言わない約束だと知らないのだろうか。まったく。

「……っ、…………はぁ」

だけど、荒い息も心拍数も誤魔化《ごまか》すことはできない。

最悪なのは足をくじいてしまったこと。これではもう、どちらにせよ逃げ切れない。

「……なんで、こうなるかな」

こんなはずじゃなかった。そもそもどうして今、私は助手と銃を向け合わなければならないのか。本当だったら《原初の種》を封印して、そこで終わるはずだった物語。だけど意識を失った渚《なぎさ》をあのまま放っておくことはできなくて、私はもう少しだけこの物語の続きを……助手の作ったルートXの行く末を見届けることにした。

これで最後と決めて助手とまた飛行機に乗って、世界へ旅立って、やっぱりそこでは予想外の事件に巻き込まれて、新たな敵にも出遭った。助手はその《怪盗》という名の敵との戦いを、《原初の種》にまつわる危機の延長戦だと考えた。ゆえにこれからも私が探偵として、そして君塚君彦《きみづかきみひこ》が助手として、二人で《怪盗》を含む《世界の敵》と戦っていく未来を……後日談を、ほんの一瞬でも私が想像しなかったかというと嘘《うそ》になる。

──だけどやっぱり私は、それ以上は先にはいけない。いつまでもそのぬるま湯のようなエピローグに浸るわけにはいかない。私はあくまでもルートXのプレイヤーとして、《名探偵》という立場として、この役割を全うする。本来、一年前に死んでいたはずの私がこのルートに少しでも関われたこと自体がすでに奇跡なのだ。

だから私は今、君塚君彦という最後の敵に……いや、主人公に立ちはだかる。負けるつもりはさらさらない。当たり前だ。私が負けるということはすなわち、私は主人公に救われるということになってしまう。そんな生ぬるい物語は、到底許容できない。

「君が正義で、私が悪。それで構わない、本望だよ」

私はほとんど片足の力だけで地面を蹴った。この戦場は間もなく終わりを迎える。最後に倒すべき相手に向かって、私は銃を抱えて疾駆する。

「君塚さん、右です！」

唯《ゆい》の声だ。その指示を遠くから受けて助手は、身体《からだ》を投げ出して私の銃撃を躱《かわ》す。

「……っ！　お前は本当にそれでいいのかよ！」

助手は地面に転がりながらも左手一本で発砲、私は上半身の動きだけでそれを避《よ》ける。

「なあ、シエスタ。お前の願いはなんだ」

またしても発砲音。それは遠く背後のノーチェスとシャルによるものだった。少しでも掠《かす》ったら私の負けだ。

「私の願いはただ一つ──君たちに生きてほしい、それだけだよ」

だからこそ私は彼女たちに長銃を向ける。ひいては彼女たちを生かすことになる弾丸を放つために。

「それだけのはずがない！」

──ッ、しつこい。またしても目の前に立ちはだかった助手に、私の手が僅かに震える。煩《うるさ》いほどに心臓が跳ね、浅くなった呼吸は私の視界までをも霞《かす》ませた。

「っ、どうして君にそんなことが分かるの⁉」

「あの日、お前は言っただろ……！」

助手が悲痛な顔で叫ぶ。一年前、ヘルとの戦いのあと《花粉》で眠っていた間のことだと助手は言う。それは多分、私の意識が消える間際につい漏らしてしまった一言のこと。

助手には本当は聞かせるつもりはなかった微《かす》かな思い。

「憶《おぼ》えてないよ、そんなこと」

私はそう答えながら、迷いを断ち切るように発砲する。狙いは定まっておらず助手を大きく外す。だけど覚悟はできた。私はシャルらによる遠くからの銃弾を躱《かわ》しながら、助手との最後の撃ち合いに挑む。

「自分で言ったことも憶えてないっていうのか？」

無駄口を叩《たた》く暇なんてあるはずもない戦場で、助手はそれでも発砲を続けながら喋《しゃべ》るのをやめない。

「お前が自分で言わないなら、俺が言うぞ」

…………。

「死にたく、ないんだろ」

まさか、今さらそんなこと。

「俺たちがなんとかする」

無理だよ。

「俺がお前を生かす道を探る！」

だから無理なんだってば。

「お前がいつも幸せを望んでた依頼人とは、この世界のすべての人間のこと。……なのに、そこにお前だけが入っていないのは間違えている……！」

違う。私は幸せだった。

十分幸せだった——はずだった。

それなのに。

「シエスタ、俺はお前に生きていてほしい」

君にそれを言われたら、私は——

「——ッ！」

助手が撃った、私を生かすための弾丸が左腕を狙う。だけどその瞬間、私の本能が左腕を動かし、横に薙《な》いだマスケット銃が銃弾を叩き落とした。……それでも矛盾した本能は、同じく私の脳に問いただした。

私の本当の望みはなにか、と。

「——私は」

私はもう一度自分に問いかける。一度死んだ身だ。見栄《みえ》はない、この場でプライドなんていらない。恥も外聞も捨てて、打算も誤魔化《ごまか》しも抜きにする。

自分が置かれた立場や役職も一旦忘れ、過去の経歴や発言もなかったことにしよう。いつかの未来のことを考えても仕方がない、この世界に対して負った責任も今だけは見て見ぬ振りをしてみる。

そうしてただ、私という一個人が今この瞬間ここにいたとして。その時私は、一体なにを望むのか、なにを叶《かな》えたいのか。それが可能だとか、不可能だとか、今はそんなことはどうでもいい。無理だとか、無謀だとか、そういう話ではない。ただ一つ、私が願うことがあるとすれば——


答えは、簡単だった。

「——君とまた、紅茶が飲みたい」

それはつまり、「生きたい」という意味と、同じだった。


「ああ、その願い。確かに聞き入れた」

助手の構えた銃口が私の顔へ向く。

そっか、君はそういう風に笑うようになったんだった。

「探偵みたいなことを、言うんだね」

私は彼の言葉にそう軽口を返す。

このまま行けば、あの銃口から放たれた銃弾は私の頬《ほお》をぎりぎり掠《かす》めるだろう。

そうすれば私の願いは叶う。

私は、私にとって最愛の相棒に——主人公によって救われる。

きっとそれは、誰もが望むハッピーエンドというものに違いない。

だから私は、そのすべてを終わらせる銃弾を目の前にしてこう告げた。

「でも、探偵《わたし》が助手《きみ》に負けることはあってはならない」

最後まで、私の背中は彼には見せない。

負けを認めた探偵の姿を、助手に見せていいはずがない。

私は迫り来る銃弾を躱《かわ》し、名探偵として生涯を共にしたこの長銃を彼に向ける。

「ああ、そうだな。やっぱり助手《おれ》は探偵《おまえ》には敵《かな》わない」

だから、と。

そう助手の口が動いた。

「シエスタのその願いは、代わりにあいつが引き受ける」

次の瞬間、背後に人の気配を感じて私はマスケット銃を後ろに向けた。

「……どうして、君がここに」

そうして無意識に私の目は見開かれる。

「——黄泉《よみ》の国の女王として命じる。キミがこちらの世界へ来ることを禁ずる」

この目に映ったのは、軍服を身に纏《まと》った、黒のショートカットの少女。

「なぜ君が……ヘル」

けれど、次の瞬間。

軍服の少女は私をぎゅっと抱き締めてこう言った。

「騙《だま》してごめん。渚《あたし》だよ」

◇Buenas noches

「なん、で……」

私はそう漏らしながらも、だけど渚《なぎさ》がここに来ることは、実は予想できていた。

昔、私が助手を助けるために渚の身体《からだ》を借りて目覚めた時と同じように、渚もまた、助手のためだったらどこにいたって駆けつける。それを人は多分、ご都合主義だと笑うけど、それでも私たちはそういう風にできている。

「久しぶりだね、シエスタ」

私を抱いていた腕がそっと離れる。

すると目の前には、長かった髪をばっさり切った、渚の柔らかい微笑《ほほえ》みがあった。

してやられた。まさかヘルを騙《かた》って現れるなんて。

予想を超えられたことがなんだか悔しくて、私はついそんないじわるを言った。

「変わらないね、渚《なぎさ》」

「そう？　結構大胆なイメチェンしたと思うんだけど？」

「中身の話だよ。にしても、失恋でもした？」

「……勝手にあたしを負けヒロイン認定しないでほしいんですけど」

渚は半眼で私を見つめ、それから私たちは笑い合った。——だけど。

「……ん、あれ」

なんだか急に身体《からだ》に力が入らなくなって、思わず私は膝を折った。

「おっと」

そして倒れかけた私を再び渚が抱き留める。麻酔銃には当たった記憶はないけれど……

なんだか急に眠くなってきた。

「ごめん」

渚が耳元で小さな声で謝る。私はやっぱり立っていられなくなって、渚にもたれかかるようにしながら地面に膝をつけた。

「これは、一体……」

そういえば左腕の二の腕あたりがちくりと痛む気がする。重くなってきた瞼《まぶた》をどうにか開いてその場所を確認するも、出血はない。最初に渚に抱き締められた時に、なにか——

「——眠り薬だ」

助手の声だ。

ボロボロになったジャケット姿の彼は、ノーチェスに肩を借りながら私のもとへ来る。

「とある闇医者に調合してもらった特別な薬でな。なんでも、俺も昔眠らされたあの花粉を応用して作られたものらしい」

「……そういう、こと」

であれば多分、助手たちが使っていた武器に仕込まれていた薬というのも、本当はこの眠り薬のことだったのだろう。一週間前に《発明家》は私たちのもとを立ち去ったはずだったけれど、やはりまた戻って来ていたらしい。恐らくそれは、渚が目を覚ましたからその経過を観察するため。そして助手が立てた今回のこの計画へ力を貸した、と。

「でも、それで？　眠らせて無抵抗になった私に、君はなにをするつもりなの？」

まんまと作戦にハマってしまったことがまたしても悔しくて、私は渚の膝に頭を預けながらそう助手をからかう。

「あほか。ここにきてまだ俺への信頼度ゼロなのかよ」

うん、その顔が見たかった。

私が笑うと、助手もため息をつきながらやっぱり笑った。

だけどそれから助手は真面目な顔に戻ると、私を眠りに就かせる理由をこう説明した。

「これで、お前の心臓に埋まった《種》は活動を一旦止めるはずだ」

——ああ、やっぱり。

私は目を瞑《つぶ》りながら、助手のぶっきらぼうで、でもどこか優しい声に耳を傾ける。

「昨日、俺は目覚めた夏凪《なつなぎ》と二人で、どうやったらお前を助けられるのかを考え、策を出し合った。そして気付いたのが、ある一つの違和感——それはお前が夏凪の心臓の中に生きていた時、カメレオンに殺されかけていた俺を一度だけ助けに来てくれたことだった」

それは今から一ヵ月以上前。大型クルーズ船で、渚《なぎさ》の身体《からだ》を借りた私が、助手と共にカメレオンと戦った時のことだ。私は渚の説得を受けて、たった一度だけ彼女の身体を通して助手と再会した。

「だが問題はこの一度だけという部分だ」

助手はどこか切なげにあの日の真相を究明する。

「なぜシエスタはたった一度しか目覚めなかったのか、目覚めようとしなかったのか……それはひとえに心臓に根付く《種》を覚醒させないためだった。つまりお前が眠り続ける限り、意識を目覚めさせない限り、その《種》は成長しない」

——正解だった。

最初は渚が気付いたのかな。いや、やっぱりここ数日行動を共にしていた助手だからこそ分かったのかも。あのニューヨークの旅で私が昔にも増して長く眠っていたのも、無意識のうちに自分の身体を守ろうとする防衛反応だった。

「だけど、助手。これに意味がないことにだって気付いてるよね？」

私が重い瞼《まぶた》を開けると、そこには渚や助手だけじゃなくて、ノーチェスやシャルや唯《ゆい》も集まっていた。みんなが私を見つめていて、なんだか少し恥ずかしいけれど。……だけど、そうだ。これが今の助手の仲間たち。

大丈夫。もう助手は、大丈夫だ。

私は安心して、だからこんなことをしなくてもいいと助手に告げる。

「いくら私を眠らせたところで、これはあくまでも対症療法に過ぎない。それに、これによって完全に心臓の《種》の成長が止まると保証できるわけでもない。これから先、何年か経《た》って、《世界を滅ぼす種》は芽吹いて、怪物になった私はいつか君たちを殺すかもしれない。だから、やっぱり――」

「それが分かって、俺たちはこれを選んだ」

助手は膝を折って私のそばに寄り、「それに」と続ける。

「スティーブンがこの眠り薬を俺にくれた意味、お前なら分かるだろ?」

「……そっか。本当に君は、最後の最後まで手を抜かなくなったね」

そう、《発明家》スティーブン・ブルーフィールドは、100%助からない患者にこの薬を処方貸さない。それは生きる可能性のある命に全力を注ぐため。つまり彼が私にこの薬を処方したという事実がある以上、私が助かる余地は必ず存在し、勝手に私が生きるのを諦めることは許されない。あの時スティーブンのその哲学を語ったのは、この私自身だったから。

「――完敗、みたいだね」

探偵は、依頼人の利益を守り、願いを叶《かな》える存在でなくてはならない。

そして渚《なぎさ》は、「助手たちに生きていてほしい」という私の願いと、「私に生きていてほしい」という助手たちの願いを、同時に叶《かな》えてみせた。

それは昔の私にはできなかったこと。あの時私は自分の死をもってしかそれを叶えることができなかった。だけど渚は、一度は私と同じ失敗をして──それからこの答えを見出《みいだ》した。渚は今、確かに私を超えたのだ。

「マーム！　マーム……！」

右手が温かい。涙と手のぬくもり。シャルが両手で私の右手を包んでいた。ぽろぽろ零《こぼ》れる涙を抑え切れなくなっていて、いつまで経《た》っても可愛《かわい》い、私の一番弟子のままだった。

「……ふふ、そうか。私は最後に、君たち二人にも超えられたわけだ」

薬がまた効き始めて一段と瞼《まぶた》が重くなってくる。それでも私は、空を見上げるように助手とシャルの顔を覗《のぞ》く。君たちも少しぐらいは仲良くなってくれたのかな？　本当のところは分からないけれど、でも一つだけ確かなことは。

「強くなったね」

私を超えられるぐらい、強く、強く。

私がそう言うと助手は一瞬驚いたように目を見開いて、それからふっと頬《ほお》を緩めた。

「ああ、実はシャルと仲が悪く見せてたのも作戦の一環でな。本当は俺たち、息ぴったりの超仲良しなんだ、な？」

「は、え？　……ええ、そうなんです！　キ、キミヅカ大好き！」

助手の無茶《むちゃ》ぶりにシャルは頬を引きつらせながら笑みを浮かべる。

「……ふ、ふふ。そっか、それはいいことだ」

まさかこの二人が肩を抱き合うところが見られるなんて、たとえ演技だとしても夢にも思わなくて、思わず私は笑ってしまった。

「渚も大変だね、ライバルが沢山いて」

「あーあー、聞こえない」

私のからかいに、渚はオーバーに耳を塞ぎ……それからやっぱり助手と同じように、微笑《ほほえ》んでみせた。

「ねえ、シエスタ」

「ん？」

渚の短くなった髪の毛が風に揺れる。

「あたしに居場所をくれてありがとう、名探偵」

渚は泣きながら笑って、いつかも交わしたような言葉を口にした。

「ううん、私こそ」

私は重くなった手を伸ばし、渚の涙を指先で拭う。

「私に感情を教えてくれてありがとう、名探偵」

渚がいたから。君の激情があったから、きっと私は今こうしてなににも代えがたい幸福な気持ちに包まれて、笑うことができていた。

「シエスタ」

助手が唯《ゆい》とノーチェスにそっと背中を押されて、私の左手をそっと取る。

「助手」

私はそんな彼の手を握り返しながら、ふと思いついたことを口にする。

「もしもこれから元気が出なくなった時はね、まずは沢山眠ること」

助手はそれを不思議そうにしながら、それでもゆっくり瞬《まばた》く私を見つめる。

最後に助手に伝えておきたいこと。もう難しいことはあまり考えられなくなってきたから、ただ最近の記憶を思い出して語る。

「それから、お風呂に入ってね？　身体《からだ》を綺麗《きれい》にして、心を綺麗にして。そのあと沢山、ご飯を食べるの」

「……ああ、この前みたいにな」

「でもね、ピザばかり食べてちゃダメだよ？　健康のバランスは考えて、あとは適度に運動もして。それから……そうだ、君には沢山仲間がいるんだから、なにか悩んだらすぐに相談すること。君はなんでもすぐ一人で抱え込もうとする癖があるから」

「それはこっちの台詞《せりふ》だ」

助手は前みたいに私の額を中指で弾《はじ》こうとして——そっと、私の前髪を指先で払った。

「さっきからお前、また俺のことばかり話してるぞ」

「そうだったかな。眠くてあんまり分からないや」

だけど、私の心残りと言えばもう、それぐらいのもの。助手が沢山ご飯を食べて、仲間と笑って、平凡で平和な非日常を過ごしてくれれば、それだけでよかった。

「はあ、まったく」

すると助手は、どこか私を試すような目つきで、

「お前、やっぱり俺のこと好き過ぎるだろ」

最後にそんな特大の仕返しを試みてきた。

「うん、そうだね。好きだよ」

「……ストレートなのは勘弁してくれ」

うん。やっぱり助手に負けっぱなしというのは、名探偵として許されないからね。

私は渚の力を借りて、最後に助手の隣に並んで座る。

そんな私に対して助手は大きくため息をつくと、苦笑いと共にこう言った。

「バカだな、お前は」

だとすれば、それに対する私の返事は決まっている。

「やれ、理不尽だね」

そうして私たちはどちらからともなく吹き出し、渚《なぎさ》やシャルも、それから唯《ゆい》とノーチェスも、みんな笑っていた。笑いながら、泣いていた。

「俺が……俺たちが、いつか必ずお前の眠りを覚ます」

だから、それまでは——と。

助手が私の左手を強く握る。

「おやすみ、名探偵」

昼寝が大好きな私に、助手は最後にそう囁《ささや》いた。

分厚い雲から太陽の光が一筋差し込み、私たちを暖かく照らす。

「うん、待ってる」

また、いつか。

地上一万メートルの、空の上で。

【エピローグ】

あれから一週間が経《た》った。

学校基準で言えば夏休みはとっくの昔に終わっており、そうして当たり前のようにサボっていた授業も通常通り始まっていて、つまりは暦の上ではもう秋を迎えていた。

とはいえ窓辺から差し込む陽差《ひざ》しはまだ暑く、昼下がりの太陽の眩《まぶ》しさに、俺は病室の薄いカーテンを閉める。

『おい、聞いてるのか？』

と、電話口から女性にしてはハスキーな声が聞こえてくる。

その相手は言うまでもなく赤髪の女刑事――加瀬風靡《かせふうび》、最近やたらと俺の携帯に電話をかけてくる気がするが、ひょっとしたら好かれているのかもしれないな。

「聞いてますよ。世界を救ったスーパー高校生として警察に表彰されるって話でしょう」

『んな話一ミリも出てねえよ』

違ったか。

『シードのことだ』

風靡さんは呆《あき》れたようにため息をつくと、数週間前、俺たちが倒した《世界の敵》の話題を持ち出す。

『あいつが眠るあの大樹、やはりちょっとばかり特別らしくてな』

都心のとあるファッションビルを呑《の》み込んだ大樹。シードが封印されたその巨大な木からは、人類にとって未知の原子が存在している可能性が指摘されていたが……どうやらまたその調査が一歩進んだらしい。

俺個人からすると到底手に負えない話だが、かつて《原初の種》と戦ってきた《名探偵》にとっては無関係ではない。であれば、いつかは無視できない日も来るのだろうと、そんな予感がしていた。

『ユグドラシル』

風靡さんはそんな横文字を口にする。

「突然どうしたんです？」

『観察対象である、あの木につけられた名前だ』

ふーっと、電話口からたばこの煙を吐き出す音が聞こえる。

ユグドラシル――北欧神話では宇宙樹という名でも知られ、俺たち人類が暮らす世界はもちろん、九つの世界を内包すると言われている大樹。俺たち人類は、これからもあの植物と共生していくことになるのだろうか。そしてそれが人類にもたらす影響とは、果たして――

「すみません、風靡さん。そろそろ仲間が来るんで」

そうすぐには答えの出ない問いだ。

時計を見て、俺は一旦電話を切ろうとする。

『はっ、お前の口からそんな言葉が出る日が来るとはな』

「まあ、人も変わる時は変わるってことで」

俺がそう言うと、珍しく機嫌の良さそうな吐息が電話口から聞こえた。

「それじゃあ、また」

『ああ、名探偵によろしく』

その具体的な名前は告げず、風靡《ふうび》さんは向こうから通話を切った。

すると、その時。

ちょうどタイミングを見計らったように、病室のドアがガラッと勢いよく開いた。

「シエスタさーん！　お見舞いに来ましたー……って、やっぱり君塚《きみづか》さんもいましたか」

入ってきたのは、世界一のさいかわアイドル斎川唯《さいかわゆい》。彼女は、ベッドに眠る一人の少女と、そばに立つ俺を見比べながら苦笑を浮かべる。

ここは《発明家》スティーブンが院長を務める例の病院の個室。俺は今朝から、そこで眠る名探偵──シエスタの見舞いに来ていたのだった。

「いつものことよ。ワタシがいつ来てもこの男もいるんだもの」

そして斎川の次に入ってきたブロンドの少女も、腕を組みながら俺を見るとため息をつく。おかしいな、つい最近とある事情で仲良しこよしになったはずだったのだが。

「っと、と、二人ともごめん通して！　そこのサイドテーブルに置くから！」

最後に入ってきたのは、カゴに入ったフルーツの山を抱えた少女──夏凪渚《なつなぎなぎさ》。あれから正式に退院を迎えた彼女は、反対に仲間を見舞う立場に代わっていた。

「ありがとな、三人とも」

そうして俺はシエスタの見舞いに来てくれた三人に礼を言う。

夏凪は学校、斎川はアイドル活動、そしてシャルも様々な仕事をこなす間に、こうしてシエスタのもとを訪ねてきてくれていた。

「えっ、と……？」

しかし斎川が不思議そうに首をかしげると、何故《なぜ》か三者三様、彼女たちは戸惑いや呆《あき》れの表情を浮かべる。

「なんでマームのお見舞いに来ただけで、キミヅカがお礼を言うわけ？　アナタ、マームのなんなのよ……」

シャルがジト目を向けてきたかと思えば夏凪も、

「君塚、ぜんっぜん学校来ないからね。ずっっと、シエスタのところに入り浸ってるから」

俺のことを指差しながら、斎川たちに不満をぶつける。

やれ、一体なにを怒っているのか。

「パートナーの世話を見るのも仕事のうちだろ？」

俺はベッドで寝ているシエスタを見ながら言う。

あれからシエスタはずっと眠り続けたままだった。今のところは大きく変わった様子もなく、《種》の成長は抑えられているように見える。

いつか彼女の心臓に根付いた《種》だけを破壊する、あるいはそれに類するなんらかの方法を見つけ、彼女を目覚めさせる。それが俺の願いであり、俺たちが目覚めすべき物語のゴールだった。

「パートナー、ね」

気付くと夏凪《なつなぎ》が俺の顔を下から覗《のぞ》き込んでいた。

「なんだよ」

「別に～」

やれ、理不尽だ。

「……ふふ」

口に出さずとも、俺が心の中でなにを言ったのか分かったのだろう。夏凪はたっぷり俺を見つめながら微笑《ほほえ》むと短くなった髪を指で耳にかけ、それからようやく視線を外した。

これが、シエスタが眠りに就いてからの俺たちの日常。きっとあの日、なにかは決定的に変わった。だけど、変わらないことだって確かにここにはある。俺はそんな、ぬるま湯ではない新たな日常の中に右足を踏み入れているのだろうと思う。

「でも、結構時間ギリギリね。すぐ出ないと」

するとシャルが腕時計を見ながら言う。

俺たちはこの後、とある場所へと旅へ出る予定があった。

「四人で旅行なんてワクワクしますね！」

斎川《さいかわ》はくるくるその場で回りながら、今から三日間にわたる旅を思ってはしゃぐ。

「決して遊びに行くわけじゃないんだけどな……」

今回の旅の目的は、《連邦政府》からの招集。

夏凪がシエスタの意思を継いで《名探偵》になる決断をしたことに関して、諮問会議のようなものが実施されるらしい。そして俺たちも九月の連休を合わせて、その付き添いに行くというわけだった。ちなみに今回の会議の開催場所はシンガポールらしい。

「新しい水着、着るタイミングあるかな……」

「当の本人が一番はしゃいでんじゃねえか……」

デジャブを感じながら俺は夏凪を見つめる。

「君塚《きみづか》も見たいでしょ？　あたしの水着」

だが確かあのクルーズ船では結局見られなかったんだったか。

……だったら、そうだな。

「まあ、一日ぐらい遊んでもバチは当たらないか」

俺がそう言うと夏凪は、ぱーっと夏の太陽のような笑顔を浮かべる。

「じゃあ皆さん、そろそろ行きますか！」

そうして斎川がぐっと伸びをすると、

「また来ますね！　シエスタさん！」

シエスタにぶんぶんと手を振りながら病室を出て行く。そして。

「マーム。帰国したらまた必ず来ます！　お土産はなにがいいですか？　お肉ですか？　お肉いっぱい買ってきますね！」

シャルは相変わらずの調子でシエスタに語りかけると……しかしその後少しだけ悲しそうな笑顔を浮かべて、シエスタの右手に口づけをしてからその場を立ち去った。

「結局、あたしだけほとんど会えなかったな」

そして夏凪《なつなぎ》もシエスタの顔を見つめて、ぽつりと小声で漏らす。

「まだまだ喋《しゃべ》りたいことも、喧嘩《けんか》したいことだってあったのに」

夏凪がシエスタと再会できたのは、最後のあの戦いの場だけ。この世界に名探偵を二人揃《そろ》えるのは、俺が想像していた以上に大変なことらしい。

「でも、いつか絶対、また会えるよね」

すると夏凪が決意を固めた表情で唇をキッと結ぶ。

六年前にも、そして一年前にも出会っていたシエスタと夏凪。

いつか二人がまた再会する光景を俺も見たいと、そう心から願う。

「あたしが……あたしたちが必ず、あんたの目を覚まさせるから。だから待ってて」

それまでは、名探偵の意思はあたしが引き継ぐ、と。

夏凪はそうシエスタに約束して、それから俺を一瞥《いちべつ》してから病室を出た。

「シンガポール、か。お前とも昔、行ったことあったよな」

俺はそんな遠い記憶を思い出す。あの時は確かビーチで遊んでカジノでも遊んで……だけどいつも通り、とんでもない事件にも巻き込まれたんだったか。相変わらずトラブルだらけの冒険譚《ぼうけんたん》。懐かしいような、もう二度とごめんだと願いたくなるような。

「……でもまあ、いつかまた、な」

二人でどこかへ一緒に出掛けようと。

ニューヨークで、ミュージカルを観《み》ながら約束したことを思い出した。

「それじゃあ、行ってくる」

最後に残った俺は、シエスタの気持ちよさそうな寝顔を見ながら。

次に会えるのは四日後か、と少しだけ名残惜しさを感じつつ言葉を掛けた。

返事はない、当たり前だ。

探偵はもう——

——いや、違う。

そうだ。本当は悲しむ必要も、不安に思う必要もない。

だって探偵はもう、死んでなんかいない。

ただ、長い長い、昼寝を始めただけなのだから。

MF文庫J

探偵はもう、死んでいる。5

2021年5月25日　初版発行

著者　二語十
発行者　青柳昌行
発行　株式会社 KADOKAWA
〒102-8177 東京都千代田区富士見2-13-3
0570-002-301（ナビダイヤル）

印刷　株式会社廣済堂
製本　株式会社廣済堂

Printed in Japan　ISBN 978-4-04-680440-2 C0193